JULES PATY

UN RÊVE

DE FEMME

II

PARIS,

CHEZ L'ÉDITEUR, RUE SAINTE-ANNE, 53.

1865.

UN RÊVE DE FEMME

1919

ARGENTEUIL. — IMPRIMERIE WORMS.

JULES PATY

UN RÊVE

DE FEMME

II

PARIS,

CHEZ L'ÉDITEUR, RUE SAINTE-ANNE, 53,

1865.

UN RÊVE DE FEMME

TROISIÈME PARTIE.

LA PETITE VILLE.

CHAPITRE PREMIER.

L'HOTEL DES TROIS MOINEAUX.

D'ordinaire, il n'était pas des plus fréquentés par
les gens de la ville, à cause de la mauvaise réputation de ses clients de passage ; mais, ce jour-la,
pour s'y cacher sans doute, une douzaine d'habitants
d'I-sur-la-C... étaient attablés dans l'unique salle de
l'établissement tenu par la mère Trinquart, sobriquet
donné à l'incorrigible veuve, qui déjà avait usé
quatre maris, et dont le cœur et la main se trouvaient encore en disponibilité.

On était en pleine république, et les hôtes actuels de la mère Trinquart étaient des démocrates. Devant eux une vingtaine de bouteilles vides attestaient que la liberté n'était pas la seule divinité païenne qu'ils adorassent.

Comme dans la plupart des réunions humaines, un peu nombreuses, tous les types de la race se trouvaient réunis ; depuis le génie qui sait s'affirmer, même par le silence, jusqu'à l'imbécile qui se trahit par un bon mot.

L'observateur y eut pu trouver également toutes les nuances de politique passionnelle, depuis le bourgeois mécontent et envieux, dont les blessures d'amour-propre ont jeté l'étroite personnalité dans le parti extrême, jusqu'à l'apôtre marqué d'avance pour rougir de son sang le pénible degré que l'humanité gravit chaque siècle.

Des causes bien différentes avaient amené là deux de nos anciennes connaissances, Artona et Madozet.

Madozet, le riche industriel, l'ex-adepte du drapeau blanc, s'était rallié au nouvel ordre de choses, dans lequel il avait entrevu la possibilité d'atteindre le but secret de son ambition. C'est bien le diable, s'était-il dit, si un homme avisé comme je le suis ne saura pas mener sa barque sur ce flot populaire qui, dans le moment où nous sommes, peut conduire à tout. Est-ce que, une fois député, je ne ferais

pas un ministre de l'intérieur, tout comme un autre ?
Qui sait même s'il n'y a point quelque chose au-
dessus, pour moi, dans le manteau de l'avenir. Et
il s'était remis à prendre l'œuvre de Saint-Bernard
où Gustave l'avait laissée, toutefois avec les pru-
dentes restrictions du spéculateur et de l'ambitieux.

Les journaux démocratiques de la province firent
grand bruit de ce commencement de pratique so-
cialiste, et le rusé compère fut porté aux nues dans
tout le rayon extrême du centre de ses opérations.

Malheureusement, il est difficile de tromper les
masses populaires, dont la somme d'instinct devient
une sorte de divination qui les éclaire sur les hommes
qu'elles sont à même de juger de près. Les paysans
de Saint-Bernard ne furent pas pris à la générosité
du faux patriote, et les gens d'I....-sur-la-C..., ces
Athéniens de l'Auvergne, s'amusèrent bien des fois
à mettre son civisme à l'épreuve.

Les élections approchaient, et l'effervescence ré-
publicaine était dans toute la fièvre des premières
illusions.

Malgré son dégoût intérieur pour la canaille, le
manufacturier, dont l'industrie subissait en ce moment la crise politique qui arrêtait l'essor du commerce et de la finance ; le manufacturier était revenu à I...-sur-la-C..., où il avait de nombreux
rapports avec les rouges de la nuance la plus foncée :

¡l déifiait Robespierre, exaltait Marat, et ne parlait qu'avec vénération de la *Sainte démocratique et sociale.*

— Voyons, Montavoine, dit Pierre Artona à une figure moutonnière qui le regardait d'un air hébété, je te défends de boire un verre de plus, sans cela tu ne sauras rien dire de ce que tu as à nous communiquer; et d'abord, à quoi bon tant de préambule, parle, il n'est pas dimanche aujourd'hui, j'ai à travailler.

— Oui, dit Madozet, dépêchez-vous, Artona craint d'être grondé par sa femme.

Artona tourna dédaigneusement son œil clair et profond sur Madozet : et quand cela serait, demanda-t-il, aurais-je tort? Depuis quand les citoyens doivent-ils traiter leurs femmes comme des servantes, en les faisant attendre plus qu'il ne faut!

Madozet ne répliqua point, il remplit le verre de Montavoine, qui, sous le regard impérieux d'Arto a, n'osa y toucher, et s'apprêta à faire ses communications à l'assemblée.

— Citoyens, dit-il, fermez bien les portes, envoyez la mère Trinquart me chercher un mouchoir de poche, au faubourg, dans ma grange, où je l'ai laissé sur un banc, puis, nous parlerons d'affaires; et il se mit à rire comme un diplomate qui a tourné une difficulté grave.

La cabaretière apporta la vingt-et-unième bouteille, et sortit après avoir regardé ses clients d'un
air qui signifiait : c'est bon, je vous entends, je suis
là dans le voisinage, si vous avez besoin de quelque
chose, appelez-moi.

La Tulipe, dit Brutus, un meunier à l'air fin et
intelligent, alla fermer la porte derrière l'hôtesse,
mit la clef dans sa poche et revint s'asseoir près de
Montavoine : allons, jape maintenant, vide ton sac,
lui dit-il, et *sans papier*, flanque-nous un beau discours sur la table.

Montavoine se leva, mit la main dans l'ouver-
ture de son gilet, avança la tête devant lui, à droite
et à gauche, ouvrit plusieurs fois la bouche, mais
rien n'en sortit.

— Allons donc, cria Brutus, tu abuses de la
permission d'être bête, dis ce que tu sais, ou assieds-
toi. Si tu veux absolument que ce que tu as dans
la boule se tourne en discours, jette-le dans l'oreille
du citoyen Madozet, et il nous servira ça aux fines
herbes de son éloquence, avec une paire de gas-
connades, j'allais dire de *testaillonnades*, pardessus
le marché.

— Madozet lui jeta un regard de travers.

Montavoine resta planté sur ses jambes, ses deux
gros yeux fixés sur Artona, qui lui dit avec bonté :

— Parles, mon bon, l'éloquence n'est pas néces-

saire, entre amis, tu as fait tes preuves de civisme,
et comme tu n'aspires pas à la succession de Mira-
beau, tu sers la République à ta manière en observant
dans la mesure de tes moyens les démarches de
nos adversaires.

— De nos ennemis, interrompit Madozet.

— De nos adversaires, reprit Artona avec calme,
et il poursuivit : voyons Montavoine, qu'as-tu découvert?

Montavoine ouvrit de nouveau la bouche et
cria : A bas les rats ! (c'est-à-dire, à bas l'impôt
sur les boissons), puis, il se rassit, se mit le nez
dans une assiette pleine de coquilles de noix, sur
lesquelles il s'endormit de ce sommeil subit et pro
fond de l'ivresse. Artona ne put retenir une exclamation de mécontentement, il se leva pour sortir.

— Un instant, que diable, lui cria Madozet, en
l'arrêtant : la citoyenne Artona est donc une ti-
gresse? Trinquons à la République, je vais vous
dire ce que cette brute aviné a dans le ventre, je le
sais, moi.

— Parbleu, dit Brutus, en riant, ça m'aurait
étonné qu'il se fût fait une lessive sans que vous y
eussiez un paquet.

— Citoyen meunier, reprit Madozet, en riant
jaune, un bon républicain doit être un Argus.

— Messieurs, dit Artona, parlez ou laissez-moi partir, j'ai besoin de rentrer.

— Dans ce cas, mon vieux, répondit Brutus, en regardant son ami d'un air de sympathie respectueuse, en ce cas, Madozet peut parler d'ici à demain sans que je l'interrompe ; il se tourna vers le manufacturier : vous avez la parole.

— Citoyens, commença celui-ci, vous souvient-il que, il y a quatre ans, M. Grouladoux acheta pour un client inconnu une maison de la rue du Chien ; que, sans calculer la dépense et le peu de valeur que pouvait avoir un immeuble dans une rue si étroite et si sombre, il y prodigua les réparations, la meubla avec un luxe scandaleux, agrandit le jardin aux dépens de plusieurs bicoques, qui lui coûtèrent les yeux de la tête ; puis, des murailles de prison masquèrent cette mystérieuse demeure aux regards indiscrets.

— Allons, oui, toute la ville sait cela, dit Brutus, qui répondait pour tout le monde, en quoi cette rengaine peut-elle intéresser la patrie ?

— Patience, reprit Madozet : un jour, une chaise de poste s'arrêta devant la maison de la rue du Chien, qui se referma sur quatre personnes, dont une n'est jamais ressorti ; les trois autres sont d'abord des domestiques plus discrets que des tombes, et la troisième, une femme voilée, que l'on voit deux où trois fois l'an, sortir à la brune, pour aller on ne sait où. Personne ne pourrait dire, ici, si elle est brune ou blonde.

— Je vous vois venir, interrompit encore Brutus, vous avez découvert que ces gens qui se cachent sont des conspirateurs?

— Vous ne croyez pas si bien dire, maître Loustic, répondit Madozet, qui continua : — J'ai acquis la preuve que les habitants de la rue du Chien sont des aristocrates, peut-être des émissaires d Henri V.

— Vraiment ! crièrent quelques moutons de Panurge; mais, alors, il faudrait leur faire une visite.

— C'est cela, fit Artona, sous prétexte de fraternité et de liberté publique, il faudrait aller troubler la solitude d'êtres malheureux.

— Malheureux ! répéta un gros boulanger qui, jusqu'alors, n'avait ouvert la bouche que pour boire, malheureux ! des gens qui ont des écus à remuer à la pelle, car savez-vous comment ils se sont débarrassés des visites de charité? Je le sais de source certaine, moi, c'est le neveu de la servante du curé qui me l'a dit.

— Contez-nous ça, Bourrassou.

— Figurez-vous, citoyens, que les dames... chose... comment les nommez-vous donc?... vous savez bien, les filles de M.... machin... vous rappe-

lez-vous ?... le gros nez qui allait à la chasse avec
le fils Babillon ?...

— Va donc, les dames Cadenas, dit Madozet.

— Oui, c'est ça même, reprit Bourrassou, les
dames Cadenas, qui sont à la tête de l'œuvre de la
Sainte-Providence, des femmes intrépides qui vous
descendraient un carabinier de cheval et qui m'ont
forcé, moi, abominant les calotins comme je les
abomine, à donner vingt sous pour je ne sais quelle
chapelle.

— Dans ce cas, dit Brutus, ce sont des femmes
fortes, mais tâche, sac à farine, de ne pas entamer
l'histoire de leurs qualités ou de leurs défauts ;
Artona est pressé ; dis-nous vîte en quoi ces Cadenas peuvent aller aux portes de la rue du Chien ?

Bourrassou reprit :

— Voilà donc que ces dames *chose* qui, entre
nous soit dit, sont bien les plus curieuses femelles
de la terre, ces dames n'auraient pas été fâchées,
comme beaucoup d'autres, du reste, de voir un
peu l'intérieur de cette maison de loups-garoux ;
elles profitèrent d'un moment où les deux domestiques étaient dehors et allèrent sonner à la porte
de... du... aidez-moi donc.

— A la porte, animal, cria Brutus impatienté ;
elles sonnèrent à la porte ! Qu'as-tu besoin d'ajouter autre chose ?

— Parbleu ! cria un vieux maître'd'école, passé du blanc au bleu et du bleu au rouge vif, et qui, en conscience et de la meilleure foi du monde, était toujours et avec enthousiasme du parti du plus fort, — parbleu ! il a raison, qu'avez-vous besoin d'arrondir vos finales, de faire de la littérature !

— Croyez-vous qu'il en soit capable? demanda à demi-voix un imbécile enrichi qui ne savait pas lire.

— De faire de la littérature? reprit Brutus en comprimant une envie de rire.

— Oui, de la littérature?...

— Il est capable de tout !!...

— Diable ! fit l'imbécile, il faudrait prendre garde alors !

— Je crois bien, mais laissons-le dire.

Bourrassou continuait sa narration :

— Elles sonnèrent *que sonneras-tu ?* A la fin, un homme plus pâle qu'un spectre vint leur ouvrir, les salua sans dire un mot, leur fit signe de le suivre dans un cabinet arrangé comme une chapelle, leur montra un canapé, se mit devant un superbe bureau et attendit qu'elles s'expliquassent. Quand elles eurent conté leur *boniment*, il plongea sa main dans un tiroir, l'en retira pleine de pièces d'or qu'il remit aux visiteuses ébahies, lesquelles prirent congé de lui sans avoir entendu le son de sa

voix. Le lendemain, le curé recevait un titre de
rente de quarante mille francs, avec prière d'en
affecter le revenu pour les habitants de la rue du
Chien, aux quêtes qui dorénavant se feraient dans
la ville.

— Quarante mille francs ! exclamèrent plusieurs
voix.

— N'est-ce pas une horreur de donner tant d'argent à un calotin, continua un enfant prodigue qui
aurait mangé le budget.

Il ajouta en soupirant :

— On pourrait faire tant de bonnes choses avec
quarante mille francs !

— C'est une horreur ! — C'est une horreur !...
crièrent tous les *démoc-soc*, encore sur leur séant.

— Ces brigands d'aristocrates jettent l'argent
par les fenêtres sans penser combien il représente
de travaux et de douleurs pour le prolétaire ! dit
une voix sombre qu'on couvrit d'applaudissements.

— Perdez-vous la tête ! vociféra Brutus, voilà
un homme qui donne quarante mille francs aux
indigents de notre ville, et vous criez haro ! tas
d'huîtres; moi je propose de boire à sa santé et de
voter, d'acclamation, des remerciements à ses
portes, puisque la vue d'une binette humaine lui
est si particulièrement désagréable.

Il ajouta à mi-voix, en regardant narquoisement l'assemblée :

— Ma foi, je ne peux pas lui en vouloir de ça, à ce brave homme d'homme.

Artona sourit, et, interpellant Madozet, il lui demanda :

— Est-ce là tout ce que vous aviez à nous apprendre sur les habitants de la rue du Chien ?

L'autre lui répondit avec une sourde colère :

— Vous me prenez donc pour une brute ? Sans toutes ces ridicules interruptions, je vous aurais déjà prouvé que ces gens, qui paraissent avoir rompu avec le monde extérieur, y entretiennent des relations fort suivies et sont des agents secrets du bâtard de la duchesse de Berry.

— Vous me prouverez ça, vous ! fit Artona en pâlissant.

Bientôt il se remit, et affectant le plus grand calme :

— Prouvez, dit-il, je vous écoute.

Madozet réfléchit un instant, et, promenant un regard autour de lui, il ne vit plus que cinq ou six têtes droites sur les épaules qu'elles étaient chargées de surmonter, les autres étaient à côté des bouteilles, sur la table, tenant compagnie à celle de Montavoine ; la perruque du vieux maître d'école avait glissé sur un fromage qu'elle coiffait à demi.

— Nous reparlerons de cela plus tard si je le crois utile à notre cause, dit le Madozet ; pour l'instant, je ne tiens pas à vous convaincre.

Artona ouvrit la bouche ; un pied s'appuyant avec intention sur le sien lui coupa la parole, et Brutus, très-sérieux cette fois, répondit :

— Je pourrais vous dire, citoyen, que tous les secrets qui intéressent la république appartiennent aux républicains, mais nous ne croyons pas à vos folles conspirations : vous êtes comme ces médecins qui dotent leurs clients de maladies plus ou moins effrayantes pour, en les guérissant du mal qu'ils n'ont pas, se donner des airs d'habiles hommes. Du reste, puisque vous avez des preuves en mains, on ne demandera pas mieux que de vous croire et de défendre le parti.

Madozet se mit à jouer avec ses pouces ; il n'avait pas l'air d'entendre.

Artona et Brutus sortirent ensemble, après avoir froidement salué leur compagnon.

CHAPITRE II.

A QUOI LES HAUTES FACULTÉS MÈNENT UN HOMME.

— Je n'ai jamais aimé ce bourgeois retors, qui devient bête à force d'être fin, et veut se faire un

marche-pied de notre parti pour arriver on ne sait
où, dit Brutus, mais à présent je le déteste ; qu'il
vienne poser sa candidature, ce finot–là, il trou–
vera à qui parler.

— Et tu auras raison de le combattre, mon ami,
répondit Artona : de tels individus sont la honte du
parti sur lequel ils se jettent ; n'ayant en vue que
leurs propres intérêts, ils allument autour d'eux les
convoitises et les passions qui doivent brûler et ren–
verser tous les obstacles sur leur chemin ; ce sont
des êtres fort à craindre, et cependant nous devons
les ménager, car c'est une honte, mais nous avons
besoin d'eux pour donner de la consistance à nos
principes auprès du peuple. Ce peuple, il n'a con–
fiance qu'en ceux qu'il a accepté pour supérieurs.

Il ajouta avec émotion :

—Mais Dieu est plus fort que tous les ambitieux
de la terre ; tel croit faire ses propres affaires qui
fait celles de la Providence.

— Ah ! ça, dit Brutus, il paraît que tu connais
les braves gens de la rue du Chien, contre lesquels
le Madozet et cet imbécile de Bourrassou, son com–
plice sans le savoir, essayaient de soulever tous les
dogues qui étaient avec nous ?

— Oui, je les connais, dit Artona en passant son
bras sous celui de Brutus. L'homme dont a parlé
Bourrassou fut le plus noble cœur qui soit au

monde : il rêvait l'émancipation humaine par le travail, l'instruction et l'association. Il était riche, il tenta à ses frais la réalisation de nos théories.

— Brave cœur ! Et cela ne réussit pas ?

— Non : cet homme avait bâti l'édifice de son bonheur et celui des autres sur une croyance ! Un jour, la trahison d'un ami éteignit sa foi.

— Faut croire qu'il y a de la fameuse canaille, tout de même : en voilà une qui aurait mérité cent mille coups de *barres !* faire manquer une entreprise où le bonheur de tous était dans le pouvoir et la volonté d'un seul. C'est affreux !

— D'autant plus affreux, ajouta Artona avec effort, que cet ami était tout simplement un petit paysan que l'autre avait tiré de la poussière : il l'avait comblé de bienfaits, il lui avait donné une large part dans son entreprise, dans sa fortune, dans son intimité, dans...

— Mais c'est épouvantable, ce que tu dis là ! Et ce pauvre homme n'a pas tué cet indigne ami ?

— Non ; seulement, il s'est mis à haïr tout ce qu'il avait aimé : il a brisé l'entreprise humanitaire, en a jeté au vent les débris, avec les cendres de son cœur.

— Et l'autre, sait-on ce qu'il est devenu ?

— L'autre ! Ah ! Brutus, le remords a mis bien de l'amertume sur son pain.

— Et c'est justice ! est-ce que tu plaindrais cette canaille ?

— Non !

— A la bonne heure ! Tiens, sans que tu me le dise, je vois qu'il y a là-dessous quelque histoire de femme : eh bien ! quand cet indigne ami aurait cédé à un entraînement de jeunesse, il n'en aurait pas moins commis un crime !

— Tu crois !!!

— Je ne suis qu'un ignorant, mais le bon sens me dit que les conséquences probables d'une faute sont des poteaux dressés devant les mauvais chemins et au bord des précipices de l'âme.

— On ne prévoit pas...

— Eh ! saperlotte ! on doit prévoir : s'attaquer au bonheur d'un ami, c'est déjà très-mal, mais effondrer celui d'une commune, c'est un crime de lèze-humanité ; les choses saintes devraient être défendues par le respect qu'elles inspirent ; on ne va pas danser autour des vases précieux. Tiens, tiens, ajouta Brutus dont l'animation tomba tout à coup devant l'air profondément attristé d'Artona, le diable m'emporte si je n'allais pas faire un discours ! Tout ça est un malheur auquel ni toi, ni moi ne pouvons rien.

— Hélas !

— Nous voici arrivés devant chez toi. Je plains

bien ce pauvre homme tout de même. Il va sans dire que, puisqu'il se cache, nous ne connaissons rien de lui, sinon qu'il est malheureux et qu'il ne doit pas être inquiété.

— Merci pour lui, Brutus.

Le brave garçon s'éloigna.

Artona avait alors quarante ans. Son abondante chevelure et sa barbe noires commençaient à se mêler de fils d'argent ; des rides précoces plissaient les coins de ses yeux et de sa bouche, sur laquelle un triste sourire de bonté se dessinait parfois. L'expression ordinaire de son visage était une gravité sombre, mêlée à je ne sais quels éclairs qui donnaient à son regard un éclat inspiré. Dans ces moments, il avait l'air de voir au-delà de l'heure présente.

Si un hasard favorable a mis notre œuvre sous les yeux d'une lectrice sentimentale, je l'entends s'écrier : « Pauvre Artona, il porte le deuil de l'âme, la cloche du souvenir tinte toujours à son oreille le glas du cœur qui voulait son cœur. Fidèle au souvenir de Valentine, il cherche dans les agitations de la politique l'apaisement d'une passion fatale. Il s'est marié par lassitude, sans doute, et il ne saurait aimer sa femme. »

Vous pensez cela, lectrice ingénue ? Vous êtes jeune, vous êtes belle, sensible, et vous croyez à l'éternité de l'amour ; vous croyez que, trompé dans ses aspirations plus ou moins légitimes, lui seul doit imprimer au front de l'homme cette mélancolie pensive que vous admirez dans les lignes harmonieuses du visage de lord Nelvil et de Werther.

Lectrice, hélas ! l'illusion est de votre âge, la vérité est du nôtre. Le temps use la douleur par cette raison bien simple que, s'il n'en agissait pas ainsi, il ne saurait plus sur quelle place du cœur mettre celles de chaque jour. Après les luttes nécessaires du sentiment et l'éternelle loi d'amour viennent les luttes secondaires de l'existence. Dans la vie de l'homme, il y a deux faces, l'une qui regarde la famille, l'autre qui regarde la société. L'amour, dans ses conséquences, ne saurait être pour l'homme ce qu'il est pour la femme. Et dans cette partie qu'elle hasarde sur le tapis de l'espérance, les enjeux ne sont plus égaux.

Artona s'était consolé, Artona s'était marié, Artona aimait sa femme comme le plus vulgaire rentier de province. Il était demeuré fidèle au souvenir de Valentine, il la plaignait ; sans doute il l'aimait peut-être encore, d'une amitié sincère ; mais... comme l'image désolée de la marquise ne se présentait jamais seule à sa pensée, il la refoulait autant que possible, *elle*, *l'autre* et les remords qu'ils amenaient avec eux.

Pour les hommes vraiment hommes et vraiment
grands, il y a une passion plus haute que l'amour
individuel et qui les occupe toute leur vie, c'est le
progrès : amour immense dans son but et jamais
assouvi dans ses effets. Artona avait au cœur une
passion humanitaire dont une autre l'avait un instant détourné. Il était triste d'avoir anéanti la colonie de Saint-Bernard plus encore que d'avoir perdu
Valentine.

Cette tristesse, ce remords couvrant la face exté-
rieure par laquelle l'homme regarde la société, se
doublaient des amertumes de la vie intérieure, des
difficultés sans nombre que l'homme pauvre rencontre sur son chemin et que les hautes facultés
de l'homme supérieur ne peuvent pas toujours apla-
nir.

A I....-sur-la-C... il courait sur Artona les
bruits les plus étranges : on disait qu'il avait été
tour à tour ténor, sculpteur, écrivain, qu'un instant il avait porté la soutane, qu'il avait voyagé
dans les cinq parties du monde. Un jour il était
arrivé dans la petite ville où il s'était établi peintre; mais comme cet art, dont il raffolait, ne lui
donnait pas à vivre, plusieurs fois il changea d'état,
et, de chûte en chûte, de changement en changement, l'inquiétude des grandes capacités sans direction, cherchant au hasard un emploi, l'avait des-

cendu jusqu'à la position d'expéditionnaire, qu'il occupait à la sous-préfecture.

Les fortes têtes du pays le tenaient pour un cerveau brûlé ; les femmes, que les caractères aventureux séduisent toujours, en avaient raffolé jusqu'au moment de son mariage avec une jeune maîtresse d'école, Mlle de la Plagne, qui lui avait apporté en dot autant de beauté que de vertu et de charges. Ils s'étaient connus, disait-on, autrefois au château de Saint-Bernard. Un drame dont personne ne savait les péripéties les avait séparés pendant longtemps.

En revenant de ses voyages, Artona était retourné à Saint-Bernard. Il savait que Gustave et Valentine en avaient fui comme deux météores, sans laisser derrière eux aucunes traces. Il rencontra Lucy presque seule dans son école, dernier vestige des bienfaits du marquis.

Hélas ! que tout était changé. La plupart des maisonnettes étaient vides, les paysans n'ayant plus l'espoir d'en devenir possesseurs et en trouvant le loyer trop cher, étaient remontés sur le Mont-au-Diable. Madozet avait peu à peu baissé les salaires et avait ainsi dégoûté les ouvriers d'un travail auquel ils n'étaient pas encore bien accoutumés. Des artisans venus de la ville avaient remplacé les naturels du pays, dans lequel ils avaient

apporté les mauvaises mœurs des grands centres.
La fabrication des perles ayant subi une crise, cette
industrie était tout à fait tombée. Les terres, au
lieu d'être données à la moitié comme au temps de
Gustave, furent mises aux enchères et adjugées à
des prix que la concurrence fit monter beaucoup
trop haut pour que les tenanciers y pussent faire
des profits. Avec la misère revint la haine; le
nouveau curé n'ayant pas su resserrer le lien de
charité prêt à se distendre, Saint-Bernard retomba
dans un état pire que le premier.

Les partisans du temps jadis s'étaient frotté les
mains: « Nous l'avions bien dit, » crièrent-ils, « que
tout cela finirait mal; voilà où mènent ces belles
utopies ! Les projets humanitaires sont forts beaux
sur le papier, mais il faut les voir à la pratique. La
ruine de M. de Bergonne n'a pas enrichi la commune, et ce malheureux gentilhomme, funeste
exemple des prodigalités du cœur, est allé on ne
sait où cacher ses regrets et son dépit d'avoir si
mal employé son temps et son argent. » Ainsi par-
lèrent les sages, ainsi le crurent les indifférents,
ainsi l'opinion publique se forma sur le départ du
marquis et de sa femme.

Pour en revenir à Lucy, elle était restée, quoique
les mois d'école ne lui fussent guère payés. En la
revoyant demeurée ferme dans ses croyances, la

dernière sur le champ de bataille, persévérant dans
l'accomplissement de sa tâche, ne cherchant dans
son dévouement obscur d'autre récompense que
l'estime de soi, d'autre témoin que Dieu, Artona fut
touché. Lui, l'homme supérieur et fort, il avait tout
renversé ; elle, l'humble femme, soutenait encore
de sa faible main le flambeau que la charité avai
allumé là.

Pendant quelque temps, après le retour d'Artona,
elle était demeurée à Saint-Bernard, mais ses deux
dernières élèves étant parties pour ne plus revenir,
Lucy retourna en pleurant à I....-sur–la–C..., où
elle courut le cachet.

Sur ces entrefaites, M. le baron de la Plagne
mourut, laissant pour tout héritage à sa veuve une
vieille maison et quelques dettes que la courageuse
Lucy paya de son travail.

Il restait encore une fille de neuf à dix ans à
Mme la baronne : tous ses autres enfants étaient
morts, prêtres, religieuses, militaires, ou prêts à
le devenir. Artona s'offrit alors à Lucy pour lui
aider à porter les charges nouvelles qui lui incom-
baient. Ce fut à l'occasion de son mariage qu'il
devint expéditionnaire, sans renoncer toutefois à la
peinture, mais il fut réduit à n'accorder que peu de
temps à son art favori, pour pouvoir offrir un budget fixe à sa belle-mère qui, trop longtemps ayant

vécu d'expédients, avait le hasard en horreur. La
République de quarante-huit était venue réveiller
ses espérances ; il s'était mis à la tête du parti
libéral d'I....-sur-la-C.. Nommé président du club,
il avait essayé de faire l'éducation politique du pays.
Malheureusement, la tâche était ingrate : les ouvriers avaient trop de demi-savoir pour se laisser
guider ; quant aux paysans, ils manquaient absolument des éléments premiers qui rendent la com-
préhension possible. De sorte que l'effervescence
et la crédulité des uns , l'ignorance absolue des
autres, mettaient le pouvoir aux mains des ambitieux habiles. A un peuple qui ne sait pas le premier mot de ses devoirs et de ses droits politiques,
donner le suffrage universel, c'est assurément donner des armes à la tyrannie.

Artona, ayant pris sa tâche au sérieux, était chaque jour abreuvé de déboires : les deux castes qu'il
s'était donné le devoir d'éclairer, essentiellement
turbulentes , se méprisant l'une l'autre , avaient
bien de la peine à s'unir sous la bannière d'un
intérêt commun. Pour toutes deux, le plus grand
intérêt de toute politique étaient les banquets et
les fêtes patriotiques pendant lesquels les bravades
républicaines, envers ce qu'on appelait la *réaction*,
entretenaient parmi les uns un civisme bâtard qui
faisait prendre l'abus pour la chose, et parmi les

autres une terreur que ne justifiait pas le caractère braillard des gens du pays, mais qu'explique la crainte naturelle du mal pour tout ce qui se rattache au cher moi.

CHAPITRE III.

OU LE LECTEUR RETROUVE UNE VIEILLE CONNAISSANCE.

Après avoir quitté Brutus, Artona entra dans une maison de modeste apparence, monta sans se presser jusqu'au second, et se trouva dans son modeste cabinet en face d'un monsieur d'âge douteux, d'une mise irréprochable, d'une figure moqueuse et intelligente.

Artona, un peu apte à tout, faisait parfois de l'arpentage ; s'imaginant qu'il avait à faire à un riche client, il ne crut pas devoir prendre garde au sans-gêne de son visiteur, il fit un profond salut et s'assit à une distance respectueuse.

— Mon cher, dit l'inconnu, je ne vous en veux pas de ne point écrire sur mon visage un nom que vous ne devez pas avoir oublié, car moi-même j'ai peine à croire que vous soyez ce gamin rose et fougueux, ce chérubin, futur génie en herbe, qui croyait à la science, à la poésie, à un tas de sor-

nettes ! et qui mordait à belles dents aux racines
grecques, accomodées par l'abbé Donizon ; aux
pommes vertes de mon jardin, accommodées par
dame nature.

— Monsieur Maxis de Pont-Estrade ! exclama
Artona en courant serrer la main fine et blanche
qu'on lui tendait.

— Maxis de Pont-Estrade lui-même, cher ami,
répondit le visiteur ; vous l'avez dit, Maxis de Pont-
Estrade, et par la grâce de Dieu et la volonté spé-
ciale de défunte sa tante, comte et seigneur de
Lavaure : à tous les amis présents et passés, sans
en excepter les républicains barbus, offre de bourse
et de bons conseils, avec sa bénédiction par-dessus
le marché. Cela te va-t-il, hein ? continua le chevalier : tu me permets de te tutoyer, n'est-ce pas ?

— Oh ! mon cher monsieur Maxis, je vous en
prie, répondit Artona avec émotion.

— Et tu acceptes ?

— Quoi donc ?

— La bourse, les conseils et les bénédictions
que j'offre aux vieux camarades.

— Je remercie pour la première, j'accepte les
deux autres.

— C'est tout le contraire qu'il faudrait faire, mon
bon. Tu n'as pas l'air riche ; par un temps de mois
d'août, tu as un paletot d'hiver, et, pour achever

de t'éreinter, une belle femme, une belle-mère, une belle-sœur, une quantité de belles choses sur les épaules.

— Je n'ai besoin de rien, dit Artona, tant d'autres sont plus à plaindre que nous, notre travail nous suffit; nous avons le nécessaire.

Le chevalier de Pont-Estrade promena sur le misérable mobilier un regard moitié ironique, moitié affligé.

— Là, reprit-il d'un ton moqueur, si ces grands esprits ne sont pas à pendre : il ne manque rien ici ? — Il désigna du bout de sa canne une planchette pleine de bouquins, puis l'unique chaise qui restait libre, un buste ébréché de Jean-Jacques, les fenêtres dégarnies de rideaux : — Là, il ne manque rien ? voyez-vous, en effet, voilà une superbe bibliothèque pleine de joyeux amis qui viennent, quand tu le veux, sur ton bureau, jouer pour toi seul tous les actes de la grande comédie humaine, qui te font rire et pleurer, qui te bercent avec des paroles qui t'éblouissent de vérités, après lesquelles tout est noir. Mais puisque c'est ton plaisir, je m'en lave les mains. Oh ! non, mort-de-ma-vie ! il ne manque rien ici : voici un bon fauteuil dans lequel le savant peut détirer ses membres engourdis par l'étude; une foule d'objets d'art qui réjouissent ses yeux et mettent dans l'expression

de sa pensée je ne sais quel parfum esthétique qui
la rend séduisante. Parole d'honneur, tout ici est
d'un confort princier.

— Je ne suis ni savant, ni roi, ni prince, reprit
Artona, je n'ai besoin que du nécessaire.

— Mais le nécessaire te manque, entêté, tu as
des bottes éculées, et ta femme, que l'on dit jolie,
trotte dans la boue du soir au matin pour donner
des leçons de piano, la malheureuse ! Elle porte
des tartans et des chapeaux fanés, je suis sûr,
c'est une abomination ! Et toi ! toi !

Il se leva, croisa ses bras sur sa poitrine :

— Tu es expéditionnaire à la sous-préfecture
d'I....-sur-la-C..., aux ordres de M. le secrétaire !
de M. le sous-secrétaire, de M. le premier commis,
de M. le deuxième commis ! Tu fais des rôles, toi,
tu fais de la copie ! Morbleu ! des crétins adminis-
tratifs te font copier leur prose, Vandale ! comment
se fait-il que tu aies gaspillé ta belle intelligence ?
Pourquoi, au lieu d'éparpiller sur dix professions
tes étonnantes facultés, ne les as-tu pas concentrées sur une seule qui t'eût fait grand ? Oh ! Huron !
oh ! Visigoth ! Welche ! il me prend des envies de te
donner des coups de canne ! Et par-dessus tout
cela, te voilà républicain pour couronner l'œuvre !
Mais, embrasse-moi donc, mauvaise tête ! tu ne
m'as pas embrassé, seulement !

Il lui ouvrit ses bras ; l'autre s'y jeta avec effusion.

Les yeux de Pont-Estrade étaient humides. Artona ne pouvait dissimuler son émotion.

Le comte se moucha bruyamment.

— Voyons, dit-il, tu n'as pas répondu. Pourquoi, diable, habites-tu I ...-sur-la-C...? pourquoi, surtout, es-tu expéditionnaire, monsieur Pierre ?

— Ce serait une trop longue et trop ridicule histoire Ma femme va rentrer, je vous conterai tout cela une autre fois. Mais, comment m'avez-vous découvert ?

— Parbleu ! comme les astronomes, quand ils en ont besoin pour leur réputation, découvrent les planètes. Moi qui ne crois à rien, pas même à la politique, je te croyais arrivé, et je vivais en paix, mangeant les dernières pierres de Roche-Brune dans les plaines de l'Inde où j'étais allé réaliser mes rêves de.... chasseur. Je revenais, gueux comme Don Quichotte, n'ayant pas même une Rossinante. Je m'arrête à Bade ; il ne me restait plus qu'une douzaine de parchemins datant des Croisades ; je joue ma baronnie de Tormeuil contre vingt mille écus, je les gagne, j'en gagne vingt mille autres ; nous doublons les mises, je gagne encore, je gagne toujours ; mon adversaire, un drapier enrichi, était bleu, était rouge, était vert, était jaune ; son visage passait par toutes les couleurs du prisme ; j'avais un bonheur scandaleux. Le lendemain, mon homme, guéri de sa fantaisie nobiliaire et fâché d'avoir perdu son argent, me cherche querelle ; je lui flanque un petit coup d'épée pour lui apprendre à vivre ; avec cela, mon drapier reprend le chemin de Liverpool, et moi celui de la France. En passant à Paris, je me fais dorer sur toutes les coutures, et je tombe à Lavaure, où j'éblouis une tante antédiluvienne que mes ancêtres s'étaient transmis de père en fils. Une foule d'ardents neveux, de cousines impossibles, de parents nébuleux assiégeaient la douairière, l'assassinaient de soins, l'étouffaient de caresses. *Veni, vidi, vici*, et cela, sans le vouloir, parole d'honneur ! j'ai la gloire d'enterrer mon éternelle tante.

Je partais, satisfait d'avoir accompli un devoir que je ne pouvais, hélas ! transmettre, à mes héritiers, comme trois générations ascendantes, de Pont-Estrade se l'étaient transmis, quand le notaire de la famille court après moi en m'invitant à venir prendre possession de Lavaure et de ses dépendances ; en un mot, de toutes les rentes de Mᵐᵉ la comtesse, grossies par soixante-quinze ans d'économie harpagonesque. Plus d'un million, mon cher !..

— C'est ce qui s'appelle un bonheur insolent, dit Artona avec un doux sourire.

— C'est un bonheur bête, reprit Pont-Estrade, c'est l'os pour le chien qui n'a plus de dents. Mais si ce gallion vient trop tard pour moi, il vient à propos pour les amis.

Il sortit de sa poche un gros portefeuille vert et le roula quelque temps dans ses doigts. Il poursuivit :

— Naturellement, te croyant heureux, je n'ai pas plus songé à toi qu'au grand turc, pas plus qu'au petit de Bergonne, le neveu fortuné de toutes les tantes chanoinesses de France et de Navarre ; mais j'ai couru à Saint-Babel pour savoir ce qu'était devenue ma nièce à la mode de Bretagne, Valentine, cette jolie rose printanière que j'avais laissée sans dot dans ce vieux trou de Roche-Brune.

J'apprends qu'elle est mariée à de Bergonne ! Vertu-de-ma-vie ! est-ce possible ! ce petit marquis-là lui allait comme un collier à une carpe ; mais le beau de l'histoire, c'est que personne ne sait où perche ce couple désassorti. Le fils Allard, le meunier de la Roche, m'a dit que si je voulais revenir à la Toussaint prochaine, je verrais madame Valentine chez lui ; jolie proposition ! attendre un mois entier, moi qui ne sais que faire de mon corps quand j'ai un projet en tête. Elle n'est pas heureuse, ma pauvre nièce ; tu m'aideras à la chercher.

Artona ne répondit rien; il soupira profondément. Maxis le crut préoccupé de sa position, et reprit en regardant son portefeuille :

L'argent ne fait pas le bonheur, mais quand il ne manque plus que lui dans un ménage, bien fou serait le mari qui le repousserait. Il mit le porte-feuille sur la table et continua : L'argent c'est de l'eau, comme disent les paysans d'Auvergne, mais l'eau, quand on a soif, est une bonne chose. Avec de l'argent, on garde chez soi sa femme dont on encadre le joli visage dans un chapeau rose et frais, ses petits pieds marchent sur des tapis, elle a en hiver de chauds vêtements pour la ville, de gracieuses et simples toilettes pour le coin du feu, ses doigts, qui ne sont plus engourdis, courent avec agilité sur les touches harmonieuses du piano, les commensaux du logis font plaisir à voir, les belles-mères sont délicieuses quand on a de l'argent, les belles-sœurs vous brodent des pantouffles, vous étouffent de cache-nez, vous comblent de bonnets grecs.

Artona semblait ému. Pont-Estrade reprit le portefeuille et le lui présenta.

— Tu acceptes ?

— Je refuse !

Je refuse, mais je n'en suis pas moins touché, n'insistez pas, ce serait inutile... Oh ! vous êtes un noble cœur ! Donnez cela à de vrais malheureux.

— Tu m'ennuies, dit Pont-Estrade fâché.

Il sortit en se frappant le front. Je ne suis qu'un sot, pensa-t-il en lui-même : je reviendrai quand sa femme y sera.

CHAPITRE IV.

L'INTÉRIEUR D'UN EXPÉDITIONNAIRE ARTISTE.

Un quart-d'heure après le départ du chevalier Maxis, madame Artona, accompagnée de sa sœur, entra dans le cabinet. Elle était mal chaussée, mal gantée ; son mantelet, soigneusement entretenu, était devenu trop étroit, son chapeau datait de deux ans. La gêne était écrite sur toute sa personne, et cependant elle était relativement fort bien mise à côté de sa jeune sœur, jolie blonde que l'on avait habillée hier en fillette et qui s'était éveillée femme dans sa robe courte et son sarreau de pensionnaire, passés du noir au gris.

Artona n'avait jamais si bien vu toute cette misère. L'air joyeux de sa belle-sœur lui fit mal.

— Elle n'a pas conscience de son accoutrement, pensa-t-il, c'est déjà une grande fille, pauvre petite si gentille et si bonne, la voilà vouée au ridicule.

Il s'assit tristement entre les deux femmes devant son bureau, et réunit leurs deux mains dans les siennes. Que la vie serait bonne ! dit-il, entre vous deux, sans ces affreuses nécessités de position qui me forcent à accepter le produit de votre travail ! Vraiment, je suis navré quand je songe que ma pauvre Adèle ne se donne pas une minute de répit pour gagner dix à douze sous par jour, lorsqu'il serait encore de son âge de sauter à la corde !

La jeune fille passa ses deux bras autour du cou de son beau-frère : voyez-vous ça, dit-elle, sauter à la corde ! ayez quinze ans pour qu'on vous traite en bambine. Ça m'amuse, moi, de broder, et je vois bien que c'est pour cela que vous en êtes affligé, esprit de travers. Elle l'embrassa bruyamment, Lucy paraissait soucieuse.

—Voyons, ma bonne amie, lui dit Artona, tu as l'air plus triste que de coutume ; je t'en prie, ne me vole pas la moitié de tes peines.

Lucy leva sur son mari ses yeux noyés de larmes. Tu pleures ! crièrent en même temps le mari et la sœur. Tu pleures ! ils se mirent devant elle à ses pieds et chacun se saisit d'une de ses mains.

— Je n'ai plus une seule leçon, dit Lucy en éclatant, plus une seule ! Ce soir j'ai été remercié partout. Tes opinions m'ont fermé toutes les portes.

— Dieu nous en ouvrira d'autres, répondit

Artona en couvrant de baisers la main de sa femme.

—Oh ! ce n'est pas pour nous que je m'inquiète, continua Lucy, nous sommes encore jeunes et forts, mais ma mère qui n'a jamais pu s'habituer à la gêne, comment va-t-elle prendre la situation qui nous est faite ?

Il y eut un silence, Adèle pleurait avec sa sœur.

Lucy reprit, en s'adressant à son mari d'une voix pleine de larmes et de caresses : quoique par ma naissance j'appartienne à l'aristocratie, tu le sais, loin de blâmer ta foi politique, je l'approuve et je partage tes espérances, mais, mon ami, si un homme se doit à ses principes, une femme se doit à la famille : aide-moi à remplir mes devoirs envers mal mère, envers vous tous.

— Pauvre chère, que puis-je faire pour cela ?

— Quelques démarches auprès des parents de mes élèves.

— Tu me demandes une chose impossible, ne m'en reparle jamais !

On entendit des pas dans le couloir, et, un instant après, Mme de la Plagne, donnant le bras à un jeune garçon de quinze à seize ans, entra dans le cabinet ; son gendre la salua avec froideur, ses filles l'embrassèrent respectueusement ; Artona lui donna sa place.

Mme de la Plagne était aussi confortablement

vêtue que ses filles l'étaient peu. C'était une femme sèche, nerveuse et *sensible ;* elle le disait, du moins. Quoiqu'elle fût aux crochets du jeune ménage, elle était souveraine au logis, détestait son gendre, que de son côté elle agaçait prodigieusement. Comme nous l'avons dit, de naissance populaire, mais annoblie par le mariage, elle avait les plus folles prétentions à l'aristocratie. Pleine d'esprit, du reste, jouant à la bonne femme et trouvant toujours moyen de confesser ses vertus et les bons mots qui lui étaient échappés. C'était une de ces créatures profondément habiles qui savent donner le change sur leur vrai caractère et faire passer leur égoïsme pour du dévouement. Au dehors, tour à tour mielleuse et insolente, mais toujours grande dame; au dedans, pleine de ces aspérités domestiques qui ne se révèlent qu'au frottement journalier; au demeurant, faisant du *cher moi* son idole favorite. Enthousiaste et crédule quand il s'agissait de son intérêt, elle cultivait les parents à héritage, dépensait quinze francs par mois de port de lettres, était toujours à la piste de quelque parent titré, riche et sans enfant. C'était alors vacances pour Artona, qui respirait plus librement lorsqu'il savait sa belle-mère à la chasse d'une succession dans quelque château voisin.

Mme de la Plagne aimait ses filles plus qu'elle-

même. Comme Mme de Sévigné, elle l'avait tant
écrit et crié si haut et si bien que, personne n'étant
intéressé à en douter, c'était chose acquise à I....-
sur–la–C... Comme elle savait que Lucy et sa sœur
partageaient secrètement les sentiments d'Artona,
elle les rendait toujours responsables de ce qu'elle
appelait les stupides entêtements de son gendre ;
tous trois étaient solidaires.

Ce soir-là, une sourde tempête grondait en elle ;
ayant appris l'affront fait à sa fille, elle n'attendait
pour éclater que d'être sans témoin étranger. Ses
filles la craignaient ; accoutumées à lire sur sa
physionomie, elles voyaient venir un orage et se
taisaient. Après avoir offert une chaise au jeune
garçon, Adèle sortit de sa poche une broderie
commencée et se mit à travailler avec ardeur ;
Lucy prit son tricot, et Mme de la Plagne s'occupa
de la présentation du jeune homme qu'elle venait
d'amener.

— Voici, dit-elle en le désignant, l'élève dont je
vous avais parlé ; il désire prendre des leçons de
peinture et de chant : j'espère que votre femme et
vous, monsieur, allez pouvoir disposer de quelques
loisirs.

Le ton de ces dernières paroles était gros de
querelles domestiques. Artona n'y prit pas garde ;
il considérait le nouveau venu.

Nous avons dit qu'il avait quinze à seize ans ;
son costume était celui des jeunes fils de paysans
aisés des environs , de ceux qui étudient pour être
prêtres.

Mais il n'avait du paysan que l'habit : son teint
blanc et légèrement coloré des roses de la jeunesse
lui donnait l'air aristocratique ; ses grands yeux
gris, un peu naïfs, avaient parfois des regards pro-
fonds ; ses cheveux noirs et bouclés étaient doux
comme ceux d'une jeune fille ; sa bouche fine et
sérieuse, son nez légèrement busqué, son front haut
et large, l'ovale parfait de son visage, décélaient,
sinon une haute origine, du moins une nature élevée.

— Comment vous nomme-t-on ? lui demanda
Artona.

— Gaspard, répondit le jeune homme en s'incli-
nant avec une certaine aisance.

Lucy le regarda et devint pâle :

— Ce sont vos parents qui vous envoient prendre des leçons chez nous? dit-elle.

— Non, madame ; mon oncle Jean-Louis ayant
la bonté de me donner tous les mois quelqu'argent
pour mes menus-plaisirs, et mon plaisir étant d'a-
voir des notions sur les arts, je n'ai pas cru pouvoir mieux m'adresser qu'ici, bien persuadé que
mon oncle approuverait mon choix, lui qui ne

demande rien autre chose à mes professeurs que
d'être d'honnêtes gens.

— Mais, reprit Artona visiblement préoccupé,
mes leçons sont fort chères, savez-vous ?

— C'est bien le moment de se montrer difficile,
grommela la belle-mère.

— N'importe, répondit imprudemment le jeune
garçon, si ce que l'on m'a dit de vous est véritable,
je ne les paierai jamais à leur juste valeur. D'ailleurs, ajouta Gaspard, ne craignez pas que je vous
donne trop de peine à dégrossir, j'ai déjà remporté
plusieurs prix de dessin, et M. Barbichard, le professeur de musique du collége, a eu la modestie de
m'avouer qu'il ne pouvait me mener plus loin, ce
qui ne veut pas dire que je sois un Gavarni anté de
Paganini, et que je puisse me passer des soins de
vrais maîtres.

— Quoiqu'il en soit, reprit le peintre, je ne puis
devenir le vôtre qu'avec le consentement écrit de
vos parents.

— Mais, Monsieur, supplia Gaspard, c'est une
surprise que je veux leur faire.

— Ne me disiez-vous pas tout-à-l'heure que votre
oncle ne demandait que de l'honnêteté à vos professeurs ? Croyez-vous, cela étant, qu'il appréciera
beaucoup la surprise que vous lui ménagez ?

L'enfant se troubla.

— Monsieur, dit-il en rougissant, je croyais....; mon oncle, à la vérité, n'est pas connaisseur, mais ma tante..... si vous vouliez.....

— Je suis fâché, mon jeune ami, de vous faire de la peine, mais il est inutile d'insister.

Gaspard salua et sortit.

Il était temps, Mme de la Plagne étouffait. Elle ne comprenait rien à la conduite de son gendre et à l'adhésion tacite de Lucy. Or, ce que Mme la baronne ne comprenait pas, ne pouvait être qu'une énormité. Mais laissons-la jeter en fougueuses métaphores, toutes les fleurs de sa rhétorique. Occupons-nous de notre nouvelle connaissance.

CHAPITRE V.

CE QU'ON DISAIT DE GASPARD, DANS I...-SUR-LA-C...

Gaspard Durand avait fait ses études au collége d'I...-sur-la-C... ; à 15 ans, il était déjà bachelier et attendait l'âge d'entrer au grand séminaire. C'était du moins ce que pensaient les commères du quartier Saint-Antoine, dont la pénétration ne date pas d'hier, comme chacun sait. Sur l'opinion des dites commères s'était faite celle des dames pieuses et lettrées, on la formulait ainsi :

« Le riche meunier de la Roche-Brune, pour
» marquer à Dieu sa reconnaissance et le remercier
» de la prospérité de sa maison, veut donner au
» Seigneur un ministre qui pourra, comme le Domi-
» nicain, orner ses sanctuaires ; comme Ravignan,
» le faire aimer par sa parole ; comme le père
» Lambillotte, le célébrer par ses chants. »

Les bonnes âmes de la haute volée n'attendaient rien moins de ce jeune lévite, comme elles l'appelaient, et autour duquel la population de la ville, enthousiaste par tempérament, avait fait un certain bruit.

Les malveillants, les moutons de Panurge, dont l'éternel troupeau a des représentants un peu partout, les malveillants, et les sots après eux, prétendaient que le parti prêtre (on n'avait pas inventé les cléricaux), payait l'éducation de Gaspard, afin d'accaparer cette merveille à son profit.

Cependant, toute cette brillante éducation se faisait avec l'économie ordinaire aux villageois ; les gens sages remarquaient que Gaspard avait été externe au collége ; pendant tout le temps de ses études, il avait habité et habitait encore une maison de l'impasse Saint-Antoine, parallèle à la rue du

Chien, laquelle impasse appartenait tout entière à
M. Madozet.

Chaque semaine, la Marguerite, la femme de
Jean-Louis, envoyait des vivres au petit ménage.

Sans doute, il était bizarre que le meunier de la
Roche-Brune eût songé à faire apprendre le piano
et le dessin à son neveu. A la vérité, c'était peut-
être les maîtres qui avaient planté cette idée-là dans
la tête de Jean-Louis, pour les bénéfices qui devaient
leur en revenir; car on ne parlait rien moins que
de la somme énorme de trente francs par mois,
consacrés à l'étude des beaux-arts. Il est juste
d'ajouter que personne ne croyait à ce chiffre exor-
bitant, si ce n'est les *mange tout*. Les autres, nous
l'avons dit, croyaient qu'un parti payait cette éducation dispendieuse.

Plusieurs familles de la haute société, depuis qu'il
avait passé ses examens, avaient fait des avances
gracieuses à Gaspard. Des protectrices éclairées des
arts et des sciences, Mécènes en jupons, dont la
spécialité est de faire sortir de la poussière les talents
ignorés, et de les produire à la lumière de leurs
candélabres, avaient voulu attirer le neveu de Jean-
Louis dans leurs salons; mais, soit timidité, soit
tout autre motif, le jeune savant avait remercié et
s'était tenu chez lui, d'où il ne sortait guère, depuis

qu'il avait renoncé aux leçons de M. Borbichard, et
qu'il n'allait plus au collége.

On ne lui connaissait pas d'amis. Pour Nanette,
sa marraine, les voisines la savaient dans la maison,
mais elles ne l'avaient jamais revue depuis le jour où
elle était arrivée avec le petit Gaspard. Plusieurs
fois, les fines commères du quartier Saint-Antoine
avaient offert, pour la brave femme, leurs services
au jeune gars, mais elle n'en avaient jamais reçu
que des remerciements évasifs, avec cette formule
inévitable : « ma marraine se porte bien, elle n'a
besoin de personne. » Tout cela jetait du louche sur
Gaspard, et les plus judicieuses d'entre les commères
avaient fait la remarque profonde qu'à la dernière
fête de Saint-Babel, le mystérieux écolier n'avait
été vu de personne.

Ces caquets particuliers à la province, où tout
ce qui essaie de marcher hors des sentiers de l'habitude, a le don d'exciter la curiosité publique ; ces
caquets avaient trouvé un auditeur fervant dans
M. Madozet, qui flairait là une intrigue dont il brûlait d'avoir la clef. Instinctivement, il sentait que le
mystère de la rue du Chien pouvait bien avoir des
ramifications dans l'impasse Saint-Antoine. Plusieurs
fois, il avait essayé de lier conversation avec
Gaspard, mais celui-ci ne lui ayant répondu que
par monosyllabes, et tenant obstinément sa porte

close à tous les visiteurs, même à son propriétaire, Madozet se creusait la cervelle pour savoir ce que cela signifiait. Il flairait quelque chose de sombre dans l'étrange existence de cet enfant, que le malheur avait mûri, sans doute, assez pour le mettre en défiance contre tout ce qui portait une face humaine.

Soit qu'il eût mis dans la poursuite de ses projets matrimoniaux la ténacité particulière à certaines natures qui, une fois qu'elles se sont tracé un programme, n'en sortiraient pas pour un empire, même pour celui du bonheur; soit que son amour pour Valentine l'eût détourné d'une autre union, Madozet était encore un parti vacant.

Tous les êtres en dehors des lois naturelles, c'est-à-dire sans liens affectueux, sont, plus que les autres, portés aux passions puériles. La curiosité des vieilles filles est traditionnelle, celle des vieux garçons ne leur cède en rien. Ces créatures déclassées dans l'ordre moral, manquant pour la plupart de la pâture du cœur, ou de ce tenace esprit de corps qui fait d'un ordre une famille de choix, ces malheureuses créatures, disons-nous, s'absorbent volontiers de tout ce qui peut, un instant, remplir le vide de leur existence monotone.

Quoique Madozet fût pétri d'ambition et que les élections prochaines lui fournissent l'occasion d'our-

dir sans cesse de nouvelles intrigues, néanmoins,
il trouvait encore le temps d'espionner Gaspard. Il
mettait un certain amour-propre à deviner ce que
cet enfant voulait cacher à tous. Se rendre maître
d'un secret, c'est toujours ajouter un dégré à sa
force, et s'acquérir un moyen d'action sur ceux à
qui on l'enlève. Madozet en était venu à ce dégré
d'égoïsme qui fait chercher à ramener au *moi* jusqu'aux éventualités du hasard. Il avait d'abord
sondé le mystère pour le mystère, maintenant, il en
cherchait le fond pour savoir s'il ne s'y trouverait
pas quelque chose dont il pût profiter.

CHAPITRE VI.

L'ENNEMI VEILLE DANS L'OMBRE.

Pendant que Gaspard était chez Artona, Madozet
entrait dans son cuvage, où, depuis quelque temps,
il faisait des séances tellement longues, qu'elles
avaient éveillé l'attention du quartier Saint-Antoine.

Il n'est pas rare de voir les Auvergnats s'attabler
dans les caves et s'y réunir pour jouir de la douce
atmosphère du sous-sol, et aussi, parfois, pour
échapper à des recherches matrimoniales, qui vien-

nent, trop souvent, troubler les doux tête-à-tête
des amis de la divine bouteille. Dans les basses
classes, où la fraternité se pratique sur une grande
échelle devant le tonneau, il serait honteux de
visiter seul cette respectable monture du Bacchus
de cabaret. La bourgeoisie a d'autres mœurs que
le peuple accepte sans les pratiquer. Madozet était
un Monsieur, il était riche ; il pouvait aller seul à sa
cave, y rester un certain temps sans que personne
y trouvât à redire. Cependant, il avait tellement
usé de cette prérogative, que les habitantes de
l'impasse Saint-Antoine se demandaient ce que
l'industriel pouvait faire des après-midi entières
enfermé dans son cuvage.

Ce cuvage prenait jour sur l'impasse et était
mitoyen de la maison mystérieuse de la rue du
Chien. Deux chambres, dont l'une était louée à
Jean-Louis pour son neveu, surmontaient le rez-de-
chaussée. Ces deux chambres étaient desservies
par un escalier commun aboutissant à la rue, et
encore par une manière d'échelle donnant dans
le cuvage. De sorte qu'il était facile à Madozet de
dissimuler sa présence dans l'étage supérieur, où
il avait établi son observatoire sur une grande
futaille, garnie d'une chaise. A la hauteur de cette
chaise, il avait peu à peu, dans un pan de muraille,
percé un trou en entonnoir, de manière, sans être

vu, à tout voir et tout entendre dans la chambre de Gaspard.

Dans la fenière, c'est-à-dire dans le grenier du cuvage, un autre judas ouvrait sur la cour de la maison de la rue du Chien. A force de patientes investigations, Madozet était parvenu à entrevoir, sinon à pénétrer tout à fait le mystère de ces voisins. Voilà pourquoi, soit qu'il fût de bonne foi dans ses suppositions, soit qu'il tentât de hasarder le faux pour provoquer la vérité, en supposant que quelqu'un la connût parmi les démocrates, soit que cela pût servir à ses projets, il avait attiré l'attention de ses amis politiques sur les mystérieux étrangers dont avait parlé Bourassou.

Plus heureux que les braves, mais curieuses voisines de Gaspard, et que Madozet lui-même : par la vertu de notre baguette de romancier, nous allons pouvoir pénétrer dans l'impénétrable intérieur du jeune savant.

Cet intérieur avait été meublé par les soins de Jean-Louis. C'était une pièce nue, avec une étroite fenêtre donnant sur l'impasse. Une petite grille de fonte, un lit de sangle, une chaise grossière, une table de sapin, sur laquelle étaient épars des papiers et des livres ; un coffre de chêne, servant de commode et soigneusement fermé : tel était l'ameublement de cet obscur réduit où, comme on le voit, rien n'avait été donné au superflu. Mentionnons, pour ne rien oublier, une toile peinte à l'huile, où se trahissait la main inexpérimentée du commençant. Cette toile paraissait avoir la prétention de représenter une femme de trente à trente cinq ans parfaitement belle de lignes, mais décolorée comme l'admirable Mort du baron Gros. Les empâtements de couleur sombre qui essayaient de draper une robe sur son buste de reine rappelaient vaguement le velours

Entré chez lui, Gaspard salua le portrait en lui décochant un joyeux sourire, tira sur leur tringle les rideaux d'indienne jaune, de manière qu'aucun regard indiscret ne pût se glisser dans son intérieur. Il ne parut nullement surpris de ne point trouver sa marraine. Il ouvrit un placard vide et écouta. N'entendant rien, il prit dans sa poche un couteau avec la lame duquel il se mit à gratter la muraille, imitant le bruit discret d'une souris qui perce un trou. Il s'arrêta pour écouter. Au bout d'un instant trois petits coups, frappés de l'autre côté, lui répondirent. La figure de l'enfant s'illumina, il donna un coup sec dans la muraille, après quoi il referma la porte du placard, prit une clef dans la poche secrète de sa veste de bure, ouvrit le grand coffre de chêne, en tira une livrée bleue et or, jeta sur son lit ses vêtements de villageois, endossa la livrée, se chaussa de fins bas de soie noire, de souliers à boucles, et enfin, après s'être regardé dans un petit miroir, se ganta de peau de daim. De nouveau il attendit. Pour tromper son impatience, il prit un livre, mais les lignes noires captivaient ses yeux seuls, sa pensée était bien loin.

Il revint au placard et se remit à gratter, mais, cette fois, rien ne lui répondit. La nuit commençait à estomper d'ombre les objets en relief et à noyer les coins. Gaspard alluma une chandelle, feuilleta son Virgile, mais le cygne de Mantoue eût beau chanter aux oreilles du jeune savant ses vers les plus harmonieux, il ne parvint pas cette fois à captiver l'attention de son lecteur. Gaspard se mit à tambouriner sur la table, s'interrompant de minute en minute pour écouter. La nuit était tout à fait venue. Les bruits du dehors étaient éteints, la ville semblait enveloppée de silence et ce silence redoublait celui de l'impasse.

Gaspard prit dans son gousset une petite montre d'argent et regarda l'heure. Au fait, dit-il tout haut, il n'y a point encore de retard ; et il se remit à tambouriner.

Enfin, un léger bruit se fit entendre du côté de la fausse armoire, le jeune homme y courut, en ouvrit la porte et dans l'encadrement du fond une femme

vêtue de velours noir, une bougie à la main, pro-
fila sa haute silhouette dans la pénombre.

Elle était belle comme une statue de Phidias
taillée dans le plus pur Paros, et aussi pâle que ce
marbre. Sa chevelure était si uniformément blanche
qu'on l'eût cru poudrée. Ce signe de vieillesse an-
ticipée n'ôtait rien à la beauté de cette femme, mais
y ajoutait je ne sais quoi de douloureux et de fatal,
qui était un charme de plus. En voyant si décolorées
les lignes harmonieuses de son visage, on sentait
dans la plaie du cœur le couteau qui avait fait
échapper tout le sang de l'enveloppe.

Gaspard se jeta dans les bras de cette femme.
Elle l'étreignit avec amour, baisa ses joues et ses
cheveux, puis tous deux disparurent par la porte
du placard.

— Tiens ! tiens ! tiens ! dit derrière eux une voix
incisive qui semblait descendre des poutrelles du
plafond, tiens ! tiens ! tiens ! voilà du nouveau,
hé ! hé ! c'est bien elle, je ne me trompe pas, belle
marquise ! on conspire, mais on fait l'amour, c'est
bon à savoir ! C'est pour vous que la valetaille
venait, les autres jours, chercher ce beau page à
larges boutons. Vrai Dieu ! j'en suis bien aise,
ajouta la voix avec un grincement de dents.

CHAPITRE VII.

*Excepté dans l'amour, tout mystère humain
est doublé de souffrance.*

(Jean GUERRIER, OEuvres inédites.)

Il n'était pas encore nuit noire, toutes les fenêtres
de la salle étaient soigneusement fermées ; de lourds
rideaux de velours vert interceptaient les reflets
du jour qui auraient pu se glisser à travers les lames
des persiennes. Un lustre suspendu à la voûte
éclairait une table sur laquelle deux couverts
étaient mis en face l'un de l'autre. La nappe, de la
plus fine toile damassée, était brodée aux quatre
coins d'un riche écusson qui se répétait en délicates
ciselures sur la brillante argenterie dont la table
était couverte. Dans un coin, une cariatide de
marbre portait sur sa tête l'aiguière et le plat d'argent massif dont les valets, après le repas, vidaient
l'eau parfumée sur les doigts des convives.

Ce couvert, si somptueusement dressé, semblait
attendre un heureux couple.

Un valet en livrée se promenait autour de la
table. Il avait l'air soucieux et triste. De temps en
temps, il se parlait à lui-même.

— Allons, dit-il, quand tout lui parut à sa place

et disposé sur la table avec une certaine symétrie, allons, tout est bien, il ne manque que l'essentiel : l'appétit des convives. Pauvres maîtres, je ne les verrai plus manger à belles dents, et rire donc ! Rire ! mon Dieu ! Le rire que l'on entend ici fait mal encore plus que les sanglots.

Le vieux domestique ouvrit une des lourdes portes de chêne de la salle, et cria : Monsieur le marquis est servi.

Alors parut un homme vêtu d'une longue robe de chambre de cachemire fixée à la taille par une torsade d'or. Un bonnet grec richement brodé était posé sur ses cheveux grisonnants. La barbe de ce personnage n'avait point été faite depuis des années. Ce que toute cette effrayante végétation de poil inculte laissait voir de visage était pâle et chétif. L'œil était morne, et sur le front jauni comme celui d'un vieillard, le chagrin avait buriné son passage en rides douloureuses et profondes. Il s'assit lentement sur un des fauteuils préparés d'avance, donna son chapeau à Gaspard qui le suivait, déplia sa serviette et attendit. Une femme, venue par une porte opposée se plaçât en face de lui.

Cet homme et cette femme étaient Monsieur et Madame de Bergonne.

Le repas commença. La marquise mangeait à peine et suivait d'un œil inquiet le marquis, qui ne mangeait pas du tout. A chaque instant , il tendait son verre à Gaspard, qui semblait y verser à regret.

— Monsieur, dit Valentine d'une voix tremblante dont le timbre douloureux parut réveiller M. de Bergonne : est-ce que vous avez toujours la fièvre ?

Gustave jeta sur sa femme un regard vague , puis il porta ses mains amaigries à son front :

— La fièvre ? Oui , je l'ai... Qu'est-ce que cela peut vous faire ? La fièvre n'est pas une mauvaise chose ; elle me réchauffe un peu en dedans. Depuis que le soleil est éteint, j'ai toujours froid.

— Chassez ces idées, Monsieur, reprit la marquise, vous savez bien que le soleil s'est levé aujourd'hui, et que demain il se lèvera encore pour éclairer la terre.

Le marquis éclata de rire, jeta sa serviette sur la table et se mit à arpenter la salle.

— La terre, oui, il éclairera la terre, dit-il, les autres hommes aussi peut-être, mais il n'éclairera ni les morts, ni les statues. D'ailleurs, ajouta-t-il : il y a soleil et soleil, soleil intérieur qui condense les rayons de l'autre, miroir sans lequel aucune chaleur n'est possible, aucune lumière n'arrive à l'âme. Le miroir , dans lequel rayonnait, autrefois, tant de flammes, ce miroir est brisé, les morceaux en sont perdus.

Le marquis était fou, sa folie était périodique ; à

chaque renouvellement de saison, il subissait une crise de démence qui le prenait tout à coup, le quittait de même et durait de quinze à vingt-cinq jours, pendant lesquels il ne dormait pas, se livrait aux plus douloureux regrets, ne reconnaissait plus sa femme, qu'il prenait pour un fantôme, et lui-même se croyait mort avec son bonheur.

Des larmes silencieuses coulaient sur les joues pâles de Valentine. Elle fit signe aux valets, ils sortirent.

Le marquis se croisa les bras et s'arrêta devant sa femme.

— Qui osera soutenir ici que le soleil n'est pas éteint, demanda-t-il avec autorité, est-ce vous? D'ailleurs, je ne cesse de vous le répéter, chacun a le sien. Le mien rayonnait sur ma vie par les beaux yeux d'une admirable femme; je ne voyais, je ne sentais de mon astre que ce qui s'en échappait par ces belles fenêtres, ah ! ah !

> Souvent femme varie ;
> Bien fol est qui s'y fie !

Le poëte royal a parbleu raison ! et si je tenais, là, dans ma main, le cœur de toutes les femmes, je les écraserais sous le talon de ma botte. Je ferais bien, n'est-ce pas? il en sortirait, je suis sûr, un lac de mensonges et de perfidies !

— Vous feriez mal, monsieur !

— Mal, tu crois cela, il n'y a ni bien, ni mal, je le sais, le monde moral est un tableau peint par le diable ou le bon Dieu, peu m'importe, mais dans lequel les vices sont aux vertus ce que les ombres sont aux couleurs.

— Oh ! Gustave, vous blasphémez contre le bon Dieu.

— Ce bon Dieu, je ne le connais plus ! je ne plus qu'à sa colère ! Pourquoi l'appeler bon ? Ironie ! Il a créé des espèces sans nombre pour se manger les unes les autres et l'homme pour les dévorer toutes. Tout gémit, tout souffre, tout meurt. Entends le vent qui se plaint, vois l'insecte qui se tord sous ton pied ; tu ne peux faire un pas sans écraser des entrailles palpitantes. Vue d'un certain côté, toute la création est horrible ; pour la voir telle, il n'y a qu'à se placer à un certain point de vue. Tout à l'heure, ne faisais-tu pas craquer sous tes dents une cuisse de poulet ? C'est pourtant une action fort simple que de manger une cuisse de poulet ! Oui, à notre point de vue, mais à celui d'une poule !

Horrible ! horrible ! tout est horrible ! La foi est une duperie, la vertu une niaiserie, la gloire une mascarade, l'amour un jeu de hasard où il y a toujours un perdant.

— Monsieur, dit Valentine, pour arracher le pauvre fou à sa douloureuse démence, voulez-vous que je vous chante quelque chose.

— Eh bien! oui, chante-moi quelque chose de lugubre comme mon âme, chante le *libera*, chante le *misere mei*. Moi, en sourdine, je t'accompagnerai, récitant les lamentations de Job. Et je dirai à ton Dieu : « Pourquoi brisez-vous ce ver de terre?... pourquoi, faites-vous paraître votre puissance contre une paille que le vent emporte?.... » Je lui dirai encore : toute la nature physique atteste votre puissance! Mais la nature morale dénonce la sécheresse de votre cœur. Les vieux païens n'étaient pas si bêtes quand ils imaginèrent de vous représenter sous la figure d'un homme dévorant ses propres enfants. Père cruel, ceux que tu ne dévores pas, parmi les tiens tu les laisses s'entredéchirer. Et à ceux qui échappent à la mêlée humaine, tu donnes les femmes. Oh ! les femmes !!!

Les femmes ! Et les enfants donc !

« Sous les paisibles lois d'une agréable mère
« Des petits citoyens dont on croit être père. »

Le marquis grinçait des dents et répétait avec des ricanements sourds....

Dont on croit être père !

Cela n'est-il pas ravissant au point de vue d'un

public stupide qui applaudit, au théâtre ou dans un livre la farce jouée dans sa propre maison.

Il se mit à chanter :

Tous les cocus ne sont pas au bois :
Ils sont chez lui, chez vous, chez moi.

Il poursuivit :

Un homme est né sous l'influence du minotaure, parbleu, il faut que sa destinée s'accomplisse. Elle s'accomplira fatalement, quoiqu'il fasse, sa femme le trompera.

— Celle qui vous a trompé fut bien coupable, dit la marquise en joignant les mains.

— Celle qui m'a trompé, reprit le marquis en s'affaissant sur un fauteuil, dans une sorte de prostration douloureuse, celle qui m'a trompé s'appelait Valentine de la Roche-Brune. Je l'avais épousée parce que... Mon Dieu ! pourquoi donc l'avais-je épousée.... Ah ! je sais... c'est qu'elle était belle et que je la croyais bonne et loyale. Elle était d'une forte race, c'était un arbre en fleur. Moi, j'étais un pauvre lierre, je voulais m'appuyer aux branches de ce bel arbre, pour m'élever un peu au-dessus des autres herbes qui rampent sur le sol. Mais un jour la foudre tomba sur l'arbre, en arracha le lierre. Puis le soleil se coucha dans une vapeur de sang où il s'éteignit par degrés. Alors les fleurs de l'arbre tombèrent une à une ; le vent les roula dans les gorges au fond desquelles bouillonnent les torrents. Puis le lierre se sécha dans la nuit ! Allez, madame, c'est une triste histoire que celle d'un pauvre arbre mort dans sa fleur, avec le lierre qui n'a plus d'appui !

Le fou ne pleurait pas, il ne pouvait ; mais, instinctivement, dans l'espoir de faire monter les larmes, il faisait la mimique des pleurs, essuyait ses yeux ardents, gémissait et sanglottait comme un comédien étudiant un rôle dramatique.

Valentine était déchirée ; quoiqu'elle eût entendu mille fois depuis seize ans ce triste apologue ; quoiqu'elle eût assisté mille fois à cette scène de drame intime, où elle était à la fois actrice et spectateur, elle ne pouvait maîtriser ses larmes et son désespoir. Elle se laissa glisser à genoux :

— Gustave, dit-elle, celle qui vous a ôté votre appui, la coupable Valentine, donnerait sa vie pour vous rendre une lueur de joie.

— Valentine est morte. Je ne veux pas qu'on dise qu'elle est coupable. Moi seul aurais le droit de l'accuser, mais puisqu'elle est morte dans mes bras, que je l'ai tenue toute froide pendant que l'on chantait sous ma fenêtre, je ne puis pas lui en vouloir. Elle est morte ! oh ! c'est affreux, je sais bien qu'elle s'était fait un jeu d'appeler la foudre, mais enfin elle est morte !

— Si Valentine est morte, qui suis-je donc ?

— Toi, tu es une ombre, un fantôme qui me la rappelle vaguement. Tu t'appelles Illusion, et tu viens de l'enfer. Parfois, tu me fais bien mal ! ah ! oui, bien mal. Va-t'en, va-t'en : ta figure de linceul m'épouvante !

La marquise sortit en levant les mains au ciel, comme pour demander miséricorde. Dans le couloir, Nanette l'attendait avec Gaspard et le vieux valet de chambre :

— Eh bien ? demanda la servante.

- - Oh ! toujours de même, répondit Valentine ; je suis maudite ; il ne guérira jamais. Il persiste à croire que je suis une ombre.

— Hélas ! pensa Nanette en jetant sur Valentine un regard navré, hélas ! il n'a pas tous les torts, la pauvre chère dame n'est plus que l'ombre d'elle-même.

Elle ajouta tout haut :

— Ne vous désolez pas ainsi, chère maîtresse, et ne doutez jamais de Dieu tant que le ciel est sur votre tête ! Celui qui donne le jour et la nuit peut envoyer un rayon de lumière dans le cerveau le plus obscur ; c'est à Dieu qu'il faut recourir ! Vous, Mathieu, allez près de monsieur ; tâchez de le faire coucher. Madame va se mettre au piano ; cela le calmera peut-être.

Cinq minutes après, Valentine était au salon avec Gaspard. Elle accompagnait l'enfant, qui chantait déjà d'une manière remarquable. Des larmes inondaient le visage de la marquise. De temps en temps, Gaspard les essuyait, mais sans que ni l'un, ni l'autre s'interrompissent un instant. Cela dura une heure, pendant laquelle ils recommencèrent dix fois le même motif. Enfin, Mathieu frappa discrètement et entr'ouvrit la porte du salon :

— Monsieur dort, dit-il, vous pouvez vous arrêter. Il est mieux, je retourne près de lui.

— Ayez-en bien soin, Mathieu, cria la marquise, ne le quittez pas, et appelez-moi quand vous serez fatigué.

Le domestique sortit.

CHAPITRE VIII.

LA MÈRE.

> Être condamnée par son enfant est un
> malheur qui les surpasse tous.
> (*Un Rêve de Femme.*)

— Mère, dit Gaspard en passant ses bras autour du cou de la marquise, mère, ne pourras-tu jamais prendre ton parti d'un malheur sans remède ?

— Sans remède ! Qui t'a dit qu'il ne guérirait point ? exclama la pauvre femme ; puisque sa folie est intermittente, on peut la guérir. Des soins, de la patience, dit le docteur, ce sera long, mais il en reviendra. Il a dit cela, notre savant ami, et je dois le croire. Si quelqu'un t'a affirmé le contraire, ce sont des méchants qui veulent nous désespérer.

— Calme-toi, maman, jamais je n'ai parlé de notre malheur à personne. Et pour en causer, même avec l'abbé, nous prenons toutes sortes de précautions. Si je t'ai affligée, pardonne-moi, c'est bien involontairement. Seulement, vois-tu, ton désespoir me navre à ce point, que je ne sais à quels moyens recourir pour l'apaiser. Allons, voyons, sois chrétienne tout à fait, résigne-toi, pour moi ! pour ton pauvre enfant, qui n'a d'autre bonheur que toi ! pour ton enfant, qui ne t'a jamais vu sourire !

Gaspard tenait les mains de sa mère ; il les couvrait de baisers et de pleurs.

— Tiens, ajouta-t-il, je comprendrais la persistance de ton désespoir si tu étais pour quelque chose dans la folie de mon pauvre père !

La marquise ne répondit rien ; de pâle elle devint livide. Elle s'arrangea de manière à mettre sa figure dans l'ombre.

— Oui, continua le jeune garçon, si notre mal-

heur était ton ouvrage, ta douleur serait juste ;
mais enfin, tu as été l'ange gardien de mon père !
aucune autre femme n'eût été aussi héroïque que
toi. Oh ! maintenant que je comprends ce que tu as
sacrifié, maintenant que je comprends ton dévouement, je ne t'aime plus seulement comme une
mère, mais comme une sainte !

La marquise renversa sa tête sur le fauteuil,
ferma les yeux et demanda d'une voix pleine de
terreur et de larmes, qu'elle s'efforçait de rendre
indifférente, presque railleuse :

— Et si, au contraire... c'était moi ?...

— Qui, toi ?

— Si c'était moi... la cause ?...

— La cause de quoi, grand Dieu ?

— Si j'étais coupable de la folie... du marquis
de Bergonne.

— De mon père ?

— Oui, de ton père !...

L'enfant se redressa de toute sa hauteur et dit
lentement :

— Si tu avais été assez coupable pour attirer
sur nous une semblable catastrophe, j'irais m'en-
fermer dans un cloître pour y pleurer ton crime et
t'en obtenir le pardon.

Il ajouta :

— Mon Dieu ! à quel vilain jeu me fais-tu jouer ;

à quoi bon ces folles suppositions? Ne sais-je pas
bien que tu es une digne femme, comme tu es une
sainte mère? Si je doutais de toi, mais je mourrais, voilà tout.

— Oh! suis-je assez condamnée! pensa la marquise, suis-je assez malheureuse et maudite! Il
mourrait s'il connaissait sa mère!

— Ne parlons pas de cela, reprit Gaspard; à
quoi bon supposer des impossibilités? Veux-tu que
je te raconte quelque chose qui m'est arrivé aujourd'hui?

— Oui, dit Valentine, dont le cœur se brisait,
oui, parlons d'autre chose. Es-tu sorti aujour-
d'hui?

— Je suis allé chez ce maître de peinture, tu
sais bien, celui dont je t'avais parlé?

— Lequel? demanda la marquise, dont les tempes battaient, lequel?

— Tu sais bien... celui dont la femme donne des
leçons de chant?

— Oui, deux professeurs habiles, à ce que tu
m'as dit.

— Pour habiles, on le dit, mais ils sont bien
singuliers ou bien curieux. Crois-tu qu'ils ne veulent pas me donner leurs soins sans un mot de
Jean-Louis? Puis, l'homme et la femme me regardaient tous deux d'une si drôle de façon que

j'en étais tout interdit. Enfin, monsieur et madame Artona m'ont fait un singulier effet.

— Artona ! cria la marquise en secouant rudement Gaspard ; tu es allé chez Artona, toi ?.... Qui te l'avait permis ?

— Mais, toi-même, maman.

La pauvre mère se rassit : « Je ne savais pas, dit-elle, que ce professeur s'appelait... monsieur Artona.

— Et, qu'est-ce que cela fait que ce soit monsieur Artona ou un autre ?

— Oui, en effet, répéta la marquise avec un rire convulsif, qu'est-ce que cela fait ?...

— Tu le connais donc ? reprit Gaspard étonné, c'est donc un malhonnête homme, que son nom seul te bouleverse ?

— Oui, répondit faiblement la marquise, c'est un malhonnête homme, mon fils, un malhonnête homme, non pas selon le monde, mais selon Dieu. Ne m'en parle jamais, ne retourne jamais chez lui.

— Peut-être, insista Gaspard, n'est-ce pas celui que tu connais ?

— Oui, tu as raison, je peux me tromper.

— Celui-là est grand, il a l'air noble et intelligent ; il a trente-cinq à quarante ans ; c'est un vrai type d'artiste ; la plus belle tête que j'aie vue.

— Assez, dit la marquise, je ne veux plus en parler.

On frappa de nouveau. Mathieu entrebâilla la porte :

— Madame, dit-il, monsieur est réveillé ; il demande qu'on lui lise quelque chose. Nanette et moi n'y voyons plus assez. Si M. Gaspard pouvait venir...

— Va, dit la mère, heureuse de pouvoir pleurer en liberté, va près de ton père ; prête-toi bien à toutes ses fantaisies. Je vais dormir ce soir ; demain, je veillerai. Adieu, mon enfant ; Mathieu, dans une heure, vous ferez coucher mon fils.

CHAPITRE IX.

LA MÈRE D'ADOPTION.

Ah ! s'il te faut de l'eau pour un nouveau baptême,
Mes yeux en pleureront pour toi !

LAMARTINE.

La marquise s'était levée pour embrasser son fils ; elle revint s'asseoir près de la lampe. Jamais depuis sa faute elle n'avait été mise à une si violente torture que ce soir-là. Ce que lui avait dit Gaspard était pour elle une condamnation qui lui semblait venir du ciel. Condamnée par son propre enfant ! C'était un malheur mérité qui surpassait tous les autres. Le châtiment qui durait depuis seize ans n'avait jamais atteint de si cruelles proportions. S'entendre demander par cette bouche innocente qui était Artona ? c'était plus que la pauvre femme n'en pouvait supporter. Elle se laissa glisser à genoux, et les mains crispées au-dessus de sa tête, tout haut, elle pria Dieu de lui envoyer la mort.

— Demande-la aussi pour moi, dit Nanette, qui était entrée sans bruit et avait surpris le cri de désespoir de sa maîtresse ; demande-la aussi pour moi, puisque ton repentir, toutes tes larmes et les miennes n'ont pu toucher le ciel, qu'il nous fasse mourir ensemble !

C'était la première fois que Nanette tutoyait Valentine. A ce moment, et à la douleur qu'elle éprouvait du désespoir de la marquise, la vieille gouvernante sentait qu'elle était bien plus la mère que la servante de cette femme brisée par seize ans de remords.

— Nanette, dit Valentine d'une voix effrayée, que parles-tu de mourir aussi, toi ? Tu veux donc que je cause la perte de tous ceux qui m'ont aimée ? Mon père est mort de ma honte, mon mari en est devenu fou ; si mon fils la connaissait, il en mourrait aussi. Et toi, toi, qui fut ma seconde mère, tu parles aussi de mourir !

— Hélas ! répondit la vieille servante, j'espérais vivre assez pour te voir heureuse, mais puisque ce bonheur m'est refusé et que je t'entends appeler la mort, je voudrais qu'elle nous prît toutes deux !

Tu ne sais donc pas, ajouta Nanette en s'animant, tu ne sais donc pas que je n'ai jamais bien aimé que toi au monde ; que je n'ai jamais voulu me marier pour être toute à toi ; que je t'ai élevée au biberon pour qu'une autre n'eût pas tes caresses ! Mais tu ne sais donc pas que j'ai eu ton premier sourire et que tu me disais : Mama, quand tu étais petite ! Partout où j'ai été avec toi, j'ai été comme dans mon pays. Et la Roche-Brune ne m'était rien quand il fallait venir te rejoindre.

— Si je mourais, Nanette, il faudrait vivre pour mon fils !

— Que dis-tu donc ? Tiens, une fois dans ma vie, laisse-moi t'apprendre combien je t'ai aimée pour que tu ne me commandes pas de te survivre. O madame, ô mon enfant, tu n'as pas versé une larme qu'elle n'en ait tiré une de mes yeux ; tu n'as pas passé une nuit sans dormir que je ne l'aie su et que je n'aie veillé avec toi, devant ta porte, au-devant de mon crucifix ! Oh ! oui, je t'ai aimée ! et te voir comme je te vois ! C'est bien pénible, va ! Moi qui avais tant prié le bon Dieu de te donner le bonheur que je n'avais pas eu !

L'expression de cette amitié si tendre et si dévouée ramena Valentine à des sentiments plus modérés ; elle se jeta dans les bras de sa servante, et, comme au temps de son jeune âge, après avoir pleuré dans le sein de son incomparable amie, elle se sentit un peu soulagée.

Nanette ne quitta sa maîtresse que lorsqu'elle la crut profondément endormie. Après quoi, elle fit un tour dans la maison, s'assura que tout était bien fermé, monta au grenier, descendit à la cave, vint écouter encore à la porte de Valentine, puis à celle du marquis qu'elle entendit causer avec Gaspard. Alors seulement elle se retira dans sa chambre.

C'était une vaste pièce confortablement meublée. Un grand crucifix de chêne, entre deux chandeliers d'argent, garnissait la cheminée. Nanette s'agenouilla, fit sa prière, celle qu'on lui avait apprise d'abord et qu'elle avait coutume de répéter tous les jours depuis son enfance, puis celle qu'elle récitait d'ordinaire pour sa maîtresse et à laquelle son cœur lui fournissait des variantes pleines de naïveté et d'abandon. « Mon Dieu, disait la pauvre servante, mon Dieu, ne pardonnerez-vous pas à Valentine ! Vous savez que c'est pour elle que je jeûne tous les vendredis, que je couche sur la paille par les plus grands froids ? c'est pour elle que je porte cette ceinture de crin qui m'incommode tant ! Que tout cela lui soit compté, mon doux Jésus ! Que toutes les larmes de mes yeux lavent son péché ! Hélas ! sainte Magdeleine était plus coupable qu'elle, et vous l'avez bien pardonnée ! Rendez-lui votre amitié en ce monde. Je saurai que vous avez eu ma pénitence pour agréable, quand monsieur le marquis rentrera tout à fait en lui-même ; quand je verrai sa femme et lui revenus d'accord. Mon Dieu ! mon Dieu ! ce serait si peu de chose pour vous, qui réglez si bien les saisons et le soleil, que de remettre chaque chose à sa place dans cette triste maison. Redonnez l'enfant à son père, l'homme à la femme, la femme à tous les deux, et je vous promets de jeûner encore une fois de plus la semaine pendant le reste de mes jours. »

Pauvre simple d'esprit, elle ne savait pas que celui qui règle les astres et les fait mouvoir dans un ordre si parfait, que chacun d'eux semble un rouage de la mécanique universelle ; elle ne savait pas que celui qui tient l'espace infini dans le creux de sa main, celui-là n'a pas voulu régler le cœur de l'homme. L'harmonie est partout, excepté là ! Rétablir le concert entre deux âmes désunies, c'est plus que d'équilibrer un monde !

La prière, sublime expression de la foi, amène toujours l'espérance, cette vertu du malheur : Nanette, après avoir répandu son âme devant Dieu, se sentit plus tranquille et se coucha en disant : un père ne charge pas ses enfants au-delà de leurs forces, ; celles de ma maîtresse sont à bout : tout cela va finir.

Hélas ! vont dire les partisans du temps jadis, on ne trouve plus ces serviteurs d'autrefois, membres inférieurs de la famille, qui faisaient du dévouement une vertu d'état ! Hélas ! répondront les valets d'aujourd'hui : où sont ces maîtres chez lesquels on était sûr de mourir ! ces maîtres qui ne croyaient pas être quittes de tout envers nous après avoir payé nos gages ? où sont ces maîtres qui, après un certain temps de service, nous donnaient droit de bourgeoisie dans leur maison, daignant s'apercevoir que nous étions hommes, tenant compte des aspirations de notre âme, compâtissant aux faiblesses de notre nature, ne nous voulant pas plus parfaits qu'eux-mêmes !

Autrefois, il n'y avait que les gens riches qui se permissent le luxe de la domesticité. Ceux qui ne pouvaient soutenir les restes d'une vie dépensée à leur service s'abstenaient d'user cette vie dans sa force. Aujourd'hui, pour répondre à une mode effrénée de comfort, qui force à l'apparence quand manque la réalité, il faut absolument être servi. *Paraître*, voilà l'ordre du jour que le vent de Gascogne a soufflé dans l'air que nous respirons. Vous manquez du nécessaire, n'importe, il faut qu'on vous croie riche ; vous augmenterez vos privations pour donner à un serviteur une nourriture et un salaire insuffisants. Puis, étonnez-vous de la cruelle nécessité qui oblige chaque faux riche à exercer une triste surveillance, non-seulement autour de la huche et du cellier, mais encore autour de tout ce qui peut être converti en argent. Ce valet, cette servante, connaissent vos ressources aussi bien que vous-mêmes ; ils savent qu'à la première maladie, l'hospice ouvrira pour eux ses portes banales ; qu'aux premières atteintes de la vieillesse, ils se trouveront sur le pavé. Les ressources précaires de votre budget vous permettront-elles d'en agir autrement avec ces malheureux que le hasard (sous forme d'un placeur) a jeté chez vous un beau matin ?

Depuis que les mots de fraternité et de progrès ont passé dans notre langue, la chose sainte qu'ils représentent semble bannie d'une partie de nos mœurs. Jamais on n'a tenu la domesticité en si grand mépris ; jamais les classifications sociales n'ont représenté tant de distance entre le maître et le valet. Faut-il donc s'étonner de l'espèce d'antagonisme créé par cette réminiscence païenne qui replace au rang des machines, des créatures que le Christianisme et la loi ont proclamées nos égales ! Le mépris avilit l'âme comme les coups avilissent le corps : pour ne pas mériter ce mépris dont il se

ent couvert, il faudrait au valet une force morale
e son éducation ne lui a point donnée, un senti-
ent religieux dont il ne trouve chez vous ni
'exemple ni l'enseignement, peut-être !

CHAPITRE X.

LE PÈRE ET LE FILS.

> Quand le temple s'écroule sur l'idole
> profanée, le prêtre n'a plus qu'à mourir !
>
> TINAYRE.

Lorsque Gaspard était venu chez son père, il
l'avait trouvé au lit et sur son séant, la tête dans
ses mains, ayant déjà oublié qu'il attendait une
lecture. Le jeune homme s'était assis près de la
lampe, devant la table sur laquelle quelques livres
étaient épars. Il se mit à les feuilleter, puis insen-
siblement tomba lui-même dans une profonde
rêverie. Le silence était complet; pas un bruit au
dedans ni au dehors.

— Dis donc! cria tout à coup le marquis de cette
voix creuse qui faisait frémir Gaspard, dis donc! tu
ne veux rien me lire ce soir? Tu as feuilleté dix
volumes, c'est-à-dire dix monuments de l'ignorance
humaine, et tu n'as rien trouvé qui valût seulement

la peine d'être entendu par un pauvre fou? Car je
suis réellement fou, archi-fou! Moins, pourtant,
que ceux qui ont la prétention de laisser après
eux un monument de leur folie! Moins que les au-
teurs qui ont barbouillé ces pages...

Chez aucun aliéné la démence n'est complète;
il reste toujours un coin du cerveau où règne la
raison. Cette lueur, si faible qu'elle soit, éclaire
assez pour faire voir à l'insensé l'état dans lequel
il se trouve, lui, et dont il a presque toujours
conscience.

Le marquis avait conscience de son état; même
au milieu des plus grandes crises, un mot terrible, comme en savent dire ces malheureux, venait
tout-à-coup donner le diapason de douleur à laquelle son âme était montée.

— Monsieur, dit Gaspard, je suis de votre avis,
et les livres ne me distraient pas toujours; cependant, en voici un qui vous amusera peut-être : il
est drôle.

— Drôle! alors, il me ferait pleurer! Drôle!
c'est-à-dire qu'il me montrerait la société sous sa
face triste, sous sa face manquée, sous sa face gri-
maçante et grotesque.

— Dans ce cas, monsieur, je vais vous lire autre
chose.

— Eh! quoi donc? « Il y a les grandes pensées

des philosophes, les pages immortelles des génies
de l'antiquité, » me dirais-tu, si tu avais le malheur d'avoir fait des études. Et moi, je te répon-
drais : Les philosophies de tous les âges sont des
harpies qui gâtent ce qu'elles touchent : après avoir
lu Platon, Aristote, Sénèque, Bacon, Descartes, Leib-
nitz, Rousseau, Condillac, Kant, Grotius, Lucrèce,
Volnay et Dupuis, un effrayant pyronismeme fait
douter de tout. Veux-tu me lire des tragédies ?
non, non, j'ai assez de mes propres infortunes ;
de la poésie ? elle est trempée de larmes ; de l'histoire ? elle dégoutte de sang. Va, ne me lis rien.
Tout est odieux, mesquin, ou manqué : dans l'expression générale de la pensée humaine les fastes de la
gloire sont doublés de la misère des peuples. Ce qui
est l'honneur d'une nation est la honte de l'autre, et
les clairons de la victoire ne sonneront jamais assez
haut pour couvrir les cris des femmes outragées,
des blessés foulés aux pieds, des vieillards chassés
de leurs demeures par l'incendie ou les fureurs
d'une soldatesque ivre de carnage et de sang. Les
livres religieux ne me plaisent pas plus que les
épopées guerrières : ils me montrent l'Éternel taillé
sur l'insipide patron de l'humaine engeance. Ah !
ah ! quel joli dieu que le dieu des armées ! Et quelle
admirable mosaïque que cette Bible dont chacun se
scandalise tout bas en la vénérant tout haut ! La

4

Bible, vois-tu, c'est le livre d'un monde en bas-âge qui balbutie ses premières paroles et s'essaie à chanter les premières aspirations de son âme. Tout est poésie dans ce livre, mais dogme, allons donc ! la premiere page est une églogue gigantesque ; la seconde, une déchirante tragédie ; la troisième, un drame monstrueux ; la quatrième, une comédie de genre ; toutes les autres, un capharnaüm philosophique et religieux dans lequel le crime et la vertu peuvent également ramasser des arguments et des excuses ! Oui, la Bible est la première manifestation d'une société qui se forme, c'est-à-dire qui commence à se river au cou le collier de la civilisation. La Bible, pleine de naïveté et de grâces, devient parfois sublime quand elle peint les premières douleurs du monde, comme l'enfant trouve parfois des accents qui vont à l'âme.

L'âme, ajouta l'insensé en essuyant son front couvert de sueur, l'âme ! Encore un mot qui me fait rire. Quand on te demandera ce que c'est que l'âme, tu diras : L'âme est au corps ce que le son est à la cloche : ôtez le battant, il n'y a plus rien. Le battant humain, c'est le cœur ; le cœur mort, la cloche ne rend plus qu'un son fêlé. Néant et ténèbres, voilà mon Dieu et ma foi, à présent !

Le pauvre fou s'affaissa sur ses oreillers :

— Je n'ai plus de cœur, moi, ajouta-t-il, je ne

suis plus un homme, je suis un lierre sans appui.
Je me suis séché dans la nuit froide, tandis que
le vent jetait au loin les fleurs d'un arbre qui m'é-
levait entre la terre et le ciel.

Le marquis ne disait plus rien; il semblait épuisé
par l'effort qu'il venait de faire; sa poitrine hale-
tante, oppressée, imprimait aux couvertures le
mouvement agité d'une respiration irrégulière. Le
malade avait à demi fermé les yeux. Gaspard s'approcha du lit et se mit à considérer son père. Des
larmes silencieuses coulaient sur les joues du jeune
garçon.

Tout à coup, Gustave se mit sur son séant :

— Je te fais pitié? demanda-t-il; je suis donc
bien misérable, que les yeux de ceux qui me re-
gardent se changent en fontaines?

— Est-ce que la pitié d'un enfant vous offense-
rait, maître?

— Elle m'étonne. Si tu as été élevé dans le
monde, on a dû te dire que l'or c'est le bonheur?

Est-ce que je manque d'or! ajouta le malheureux, est-ce que je ne suis pas un des plus riches
gentilshommes de l'Auvergne? Qui te dit que le
marquis de Bergonne soit une herbe desséchée? Si
je te l'ai donné à entendre, oublie-le. Je ne veux
pas qu'on me plaigne. Me plaindre, c'est accuser

quelqu'un que je ne veux pas accuser ! D'ailleurs, petit valet, qui te dit que je souffre ?

— Ça, répondit le fils, en mettant la main sur son cœur.

— Ça, petit valet, ça ment comme autre chose, et si un jour ce viscère t'a raconté les infortunes de ton maître, il t'a dit, j'en suis sûr, des monstruosités qui n'existent que dans le cerveau des méchants.

— Il m'a dit que vous étiez malheureux, voilà tout.

— Alors, il ne t'a point conté que la belle marquise de Bergonne, mon épouse légitime, la superbe Roche-Brune et un frère d'adoption, le bel Artona, s'étaient mis de moitié pour m'arracher le cœur, pour porter la honte dans ma maison, pour me donner un fils ! Hé ! hé ! *un petit citoyen dont je crus être père !*

Gaspard s'avança vers le malade, l'œil étincelant, les poings crispés.

— Vous insultez la marquise ! cria-t-il, vous avez la fièvre ! taisez-vous, monsieur de Bergonne, taisez-vous, je me sens gagner par votre démence ! il me prend des envies de vous fouler aux pieds. Je deviens fou !

— Fou ! Ah ! le ciel t'en préserve. Fou ! Mais c'est l'enfer ! Fou ! c'est éclater de rire quand on est déchiré ; c'est proférer des paroles de haine contre ce qu'on adore ; c'est adorer ce qu'on méprise ! Fou ! Être fou ! c'est être tombé dans le gouffre du doute, c'est croire que la veille est le sommeil et le sommeil la veille ; c'est donner un corps aux fantômes de la nuit qui vous enfoncent dans le cœur leurs ongles sanglants et marchent sur vos entrailles tombées à terre !!!...

— Mon Dieu ! mon Dieu ! criait du fond de l'âme le malheureux enfant, mon Dieu ! que dit-il ? Et pourquoi ma mère s'est-elle troublée au nom d'Artona ? pourquoi m'a-t-elle demandé cette chose impossible : « Qu'est-ce que je ferais si elle était la cause du malheur de mon père ! » Mon père ! est-il mon père, seulement ?

Le marquis s'était levé ; il avait passé sa robe de chambre sans que Gaspard eût fait un mouvement pour l'arrêter. Perdu dans une effrayante rêverie, le fils de Valentine s'était laissé glisser sur le tapis, au bord de la couche, la tête ensevelie dans les courtines de soie, il comprimait de la main les battements précipités de son cerveau.

En ce moment, Mathieu vint pour relever Gaspard ; il ne le vit pas, perdu qu'il était dans la pénombre des rideaux. En voyant son maître tranquille dans son fauteuil, le digne valet pensa que M. de Bergonne avait congédié son fils, et sans plus s'en préoccuper, il s'assit dans une haute bergère à oreillette où il ne tarda pas à s'endormir.

Gaspard entrait dans sa seizième année ; il avait été élevé au collége, c'est-à-dire qu'il n'était point un petit garçon ignorant comme nous avons vu son père au commencement de cette histoire. Il savait par quelle loi les races se perpétuent, et ses camarades avaient eu soin de l'initier au secret de la honte de certains ménages de la ville. Parce que, comme la plupart des écoliers, il était à la fois innocent de cœur, mais défloré d'esprit, il était sévère pour les fautes des grandes personnes. Seulement, sa pensée n'avait jamais entrevu cette possibilité monstrueuse que les objets de son amour, que sa *mère* pût être soupçonnée.

Descendre une idole de son piédestal est toujours une chose triste à tous les âges de la vie, mais lorsqu'on a seize ans et que l'idole est une mère, cela est affreux ! Gaspard avait beau se dire que son père était fou et qu'il était impie à lui de chercher le sens de paroles arrachées à la démence, rien ne pouvait effacer l'impression terrible que le nom d'Artona venait de produire en lui. Rapproché de ce que sa mère lui avait dit, de l'horreur, du trouble manifestés par elle en apprenant qu'il était allé chez le peintre, tout cela formait un concours de circonstances que le hasard seul n'aurait pu grouper ainsi pour accuser la marquise ; toutes ces présomptions éclairaient le passé d'une lumière livide et confuse. L'enfant crut lire la honte de sa naissance dans la folie du marquis de Bergonne. Et une fois de plus la faute de Valentine, grossie par des apparences criminelles, menaçait d'ôter à la malheureuse femme le dernier lien auquel se rattachât sa misérable existence.

Dans la première effervescence de la désillusion, le spectre du suicide se présenta à la pensée de l'enfant ; il le repoussa avec l'horreur qu'inspire l'éducation chrétienne contre ce dernier mot du désespoir et de l'impiété : — Non, non, se dit-il, mourir serait peu de chose ; vivre pour effacer le crime de ma mère, voilà mon devoir. Donner tout mon sang à la Religion et qu'*elle* meure pardonnée : mon avenir est là. Je me ferai prêtre, je serai missionnaire, et, pour racheter l'âme de ma mère, j'en donnerai à Dieu des milliers que j'aurai converties à sa loi.

Nourri dans la foi catholique la plus pure, il croyait fermement à cette grande solidarité morale qui jette dans la balance de l'éternelle justice, d'un côté, les bonnes œuvres de l'humanité ; de l'autre, ses crimes.

Un trouble violent s'était emparé de tout son

être ; par instant, il se croyait le jouet d'un rêve
terrible, et il regardait autour de lui comme pour
constater sa pénible veille. En apercevant M. de
Bergonne, pâle, la tête renversée sur le dossier
de son fauteuil, la réalité se présentait à lui sous
les traits flétris de ce malheureux homme qu'il
n'osait plus appeler son père, et que sa mère avait
réduit à la démence. Horreur ! Horreur !

Les premières lueurs du jour le trouvèrent encore à genoux, et, quand le marquis, reposé par
quelques heures de sommeil, ouvrit les yeux, il
aperçut Gaspard dans l'attitude où il l'avait laissé.
La crise était passée : M. de Bergonne reprenait
possession de lui-même.

— C'est bien, dit-il en s'adressant à son fils, c'est
bien, vous priez : heureux celui qui croit et qui
espère. La foi console de tous les malheurs, tandis
que l'irréligion absolue gâte toutes les jouissances de
l'homme, met la pauvreté dans la richesse et le
néant dans les sources mêmes de l'existence. Que
ne puis-je prier, moi ! Vous pleurez, mon ami ?
Mon accès a été long, marqué de quelque violence,
peut-être ? — Je vous ai effrayé, pardonnez-moi.
Quand Mathieu va être éveillé, je vais le gronder
de vous avoir laissé passer la nuit ici.

— N'en faites rien, monsieur, je vous en prie :

c'est madame la marquise qui m'a accordé la faveur de la remplacer auprès de vous.

— Triste faveur que vous n'auriez pas dû solliciter et que madame eût dû vous refuser, puisque ma volonté expresse est que personne autre que Mathieu ne me donne des soins pendant mes crises. Pauvre enfant, cette veille vous a fatigué, vous avez l'air souffrant ! Oh ! c'est un triste spectacle, n'est-ce pas, que celui d'un homme en démence !

— Oui, monsieur, quand on aime cet homme !

— Vous m'aimez donc, Gaspard ?

— De toute mon âme, monsieur le marquis, je donnerais ma vie pour vous le prouver ! Votre maladie, je la voudrais dans mon cerveau plutôt que dans le vôtre.

— C'est étrange, murmura le marquis en écoutant les pas du jeune homme résonner dans les corridors, c'est étrange, je croyais mon cœur bien mort, et je le sens battre pour ce jeune homme. Après tout, c'est naturel, un père sans enfant doit s'attacher à un enfant sans père ; la parenté de choix doit remplacer celle que la nature nous refuse. Si je n'étais pas si complètement brisé, je pourrais... Mais à quoi bon?...

CHAPITRE XI.

A mesure que l'homme voit tout changer autour de lui, il s'attache davantage à ce qui ne change pas. (P.88).

LE VIEIL AMI.

Pour se rendre dans sa chambre, Gaspard passa devant celle de la marquise ; il ne se sentit pas le courage d'y entrer ; il s'agenouilla sur le seuil, y colla ses lèvres en murmurant : — Coupable ou non, tu es ma mère ! Ma mère ! Ma mère !

Après avoir arrosé de ses larmes la place où il crut voir l'empreinte des petits pieds de la marquise, il s'enfuit à travers les corridors, poussa le bouton mystérieux qui donnait issue dans son appartement de l'impasse, se déshabilla promptement, revêtit ses habits de ville, et descendit.

La ville commençait à s'emplir de ces bruits du matin qui marquent l'activité et la joie. On était au commencement d'octobre ; c'était le temps de la vendange. Des bacholles (1), à l'orifice desquelles apparaissaient des figures d'enfants, éveillées par le plaisir, remplissaient les lourdes charrettes circulant dans les rues pour se rendre aux côteaux. Des jeunes gens, hommes et femmes, la hotte sur

(1) Petites cuves portatives dont on se sert pour recueillir le raisin et le fouler quand on le sort des paniers.

le dos ou la boutonnelle (1) au bras, couraient im-
patients derrière les voitures. On riait, on chantait, on fraternisait sur le pas des portes. Une déli-
cieuse vapeur de soupe grasse aux choux de Milan
imprégnait la brise matinale. C'était partout des
cris, des rires, des quolibets, une folie champêtre
pleine de fanfares et de chansons. C'était la fête de
l'abondance, la distribution des prix aux vignerons
laborieux. Toute la ville était conviée à ce banquet
de la nature. Il n'y avait plus de pauvres, ce jour-là ;
ils étaient tous retenus d'avance pour les vignes,
dont les belles grappes noires étaient à leur merci,
ainsi que le bon vieux vin dont on vidait les dernières futailles dans les barriques portatives pour
faire place au vin nouveau.

Toute cette gaîté fit mal à Gaspard ; il eût voulu
traverser une ville morte comme ses illusions. Il
repassa dans son esprit les diverses phases de sa
courte vie. Il se vit d'abord joyeux enfant jouant
dans la vaste cour du moulin de la Roche-Brune,
donnant à manger aux poules, grimpant aux arbres,
libre comme un oiseau, n'ayant d'autre peine que
de voir pleurer la Nanette, sa marraine, lorsqu'il
venait la visiter au vieux château dont elle était la
gardienne et la seule habitante. Dans ce temps-là,

(1) Panier de vendanges.

lui aussi aimait les vendanges, pendant lesquelles Jean-Louis le portait dans sa hotte. On était venu l'arracher à cette existence facile pour le conduire dans la triste impasse où il n'avait été distrait que par le travail, et où sa vénération, son amour pour sa mère avaient pu seuls lui faire supporter des jours si pleins de troubles et de larmes.

Arrivé dans un des faubourgs d'I...-sur-la-C..., Gaspard entra dans une petite maison blanche, sans volet, avec des fenêtres garnies de vigne. Il traversa une sorte de petit boyau en tunnel portant le nom ambitieux de corridor, déboucha dans une petite cour remplie de volaille, et frappa aux carreaux de la cuisine ; ne recevant pas de réponse, il pensa que la Françonnette, la servante de l'abbé, était en vendange. Il poussa la barrière et entra dans le jardin. C'était un petit coin de terre dans lequel le vieux curé de Saint-Bernard passait la moitié de son existence. C'était là que la culture des fleurs, la méditation et l'étude le consolaient de sa disgrâce et de la malice des hommes. C'était là qu'une douce philosophie chrétienne lui avait fait accepter, presque avec reconnaissance, ces mille amertumes que la Providence jette dans la coupe de la vie, comme une mère pleine de sollicitude pour ses enfants en mêle parfois à leur breuvage.

Sur une petite terrasse, d'où l'on découvrait la grande plaine de Lavaure, bornée par l'Allier, dominée par la colline de la Grange, entourée de toutes parts de côteaux festonnés de pampres, le bon abbé était assis, regardant la campagne. Un chien, vieilli à son service, était couché à ses pieds. Sur une table de bois blanc deux livres étaient ouverts devant lui : un Bréviaire et les Géorgiques, emblèmes qui résumaient sa vie d'homme et de prêtre : l'amour de la nature et le sentiment du devoir ; Dieu entrevu dans son œuvre matérielle, glorifié par l'obéissance à sa loi morale.

L'enfant s'avançait à pas lents dans l'allée étroite, bordée de thym et d'oseille vierge. Le chien, après avoir tourné la tête du côté du visiteur, l'ayant reconnu, avait poussé un petit grognement amical et repris position sur les pantoufles de lisière du bon curé. Celui-ci, absorbé par la rêverie où le jetait la vue des champs, n'entendit pas venir Gaspard, il continua le monologue dont le penseur prend souvent l'habitude, comme pour donner une forme saisissable à sa méditation, un corps à sa prière. « Oh ! oui, » disait M. Donizon, « à mesure que l'homme voit tout changer autour de lui, il s'attache davantage à ce qui ne change pas. Faible image de la stabilité de Dieu, la nature, toujours la même dans son ensemble, toujours si variée dans ses détails, est la dernière amie du sage. Telle il l'a aimée au printemps de sa vie, alors que le prisme intérieur éclaire et réjouit tout des magnifiques reflets de la jeunesse, telle il la revoit à travers les glaces de l'âge. » Saisi d'une sorte d'enthousiasme, le vieillard étendit vers la plaine ses mains ridées, en s'écriant : « Arbres séculaires, vastes prairies, vignes fécondes, belles terres, déjà labourées pour la semaille prochaine, qui peut, avec une âme sensible, vous considérer sans être touché de vos charmes éternels ! Qui peut méconnaître en vous la bonté, la richesse, la magnificence du Père incréé de tous les êtres ! »

Il se tut, et ses yeux se mouillèrent de larmes. La vieillesse et l'enfance ont les pleurs faciles ; tout ce qui arrive de l'éternité ou y remonte se sensibilise aisément des choses de la terre.

Gaspard, qui s'était assis dans l'herbe, au pied de la terrasse, monta vers son ami, et, le cœur oppressé, se jeta dans ses bras :

— Avec quel saint lyrisme vous parlez aujourd'hui de la nature, mon père ! dit-il ; hélas ! je ne suis pas comme vous ; la pureté du ciel me fait mal à voir, je le voudrais sombre et plein de tempêtes !

- C'est que ton cœur couve un orage, mon fils, répondit doucement le prêtre, et que, suivant l'égoïste pente de l'humanité, tu voudrais t'assimiler le ciel même ; le rendre triste ou gai, suivant les dispositions de ton âme.

— Je ne sais, reprit Gaspard, mais, prêt à choisir un état, je me sens plein de trouble.

— Un état ? répéta M Donizon surpris, je te croyais impatient d'embrasser celui dont tu avais fixé le choix ?

— Mes plans d'avenir sont changés, maintenant.

—Mais, toutes les carrières te sont ouvertes ; si celle de la médecine, vers laquelle un sentiment généreux te poussait, ne te sourit plus, tu peux en prendre une autre. Ne consulte que ta vocation.

— Cher bon ami, je voulais être médecin pour guérir M. de Bergonne ; mais, à présent, je crois que Dieu seul peut opérer le miracle de redonner entièrement la raison à ce malheureux.

L'abbé demeura pensif. Son regard, tout à l'heure si paisible, se chargea de tristesse, et il se mit à considérer le jeune homme avec une sorte d'angoisse. Il se fit un silence, pendant lequel la figure expressive de Gaspard trahissait sa peine.

— Je veux être prêtre, dit-il enfin.

— Prêtre ! fit l'abbé saisi d'étonnement, prêtre ! C'est sans doute une fantaisie d'adolescence ?

— C'est un devoir de fils, répondit lentement Gaspard en regardant le vieil abbé avec une étrange expression de désespoir et de fermeté, c'est un devoir de fils, que le confesseur et l'ami du marquis de Bergonne doit comprendre et approuver!!

L'abbé ne répondit rien ; des larmes grosses comme des larmes d'enfants sillonnèrent ses joues pâles. Il attira le jeune homme près de lui :

— Prêtre, répéta-t-il encore, tu veux être prêtre ! Oh! malheureux ! De quelle croix demandes-tu à charger ton épaule ? Sais-tu que le prêtre n'a d'autre famille que l'humanité, d'autre mère que l'Église, d'autre père que le pape, d'autres intérêts que ceux de la religion ? As-tu bien réfléchi, Gaspard, que ta mère n'a d'autre bonheur que toi en ce monde ?

— J'y ai réfléchi.

— Et tu persistes dans ta résolution?

— J'y persiste !

Il sait tout : son père, dans un moment de crise, se sera trahi, pensa l'abbé qui songea à gagner du temps et à laisser user par la douleur cette résolution extrême :

—Mon enfant, reprit-il, quels que soient les motifs qui aient amené ta nouvelle vocation, je les respecte, et suis tout prêt à t'aider quand le temps sera venu.

Mais ce n'était pas là le compte de Gaspard : la

jeunesse ne supporte pas la temporisation ; ce qu'elle veut surtout, dans la réalisation de ses projets, c'est la promptitude.

— Le temps est venu, dit le petit Bergonne, je veux entrer au séminaire tout de suite ; chargez-vous, je vous en prie, de préparer ma mère à une séparation.

— Oh ! pour cela, non, répondit le prêtre. Si ta vocation résiste au temps, ta vocation sera bonne, et, comme je te l'ai promis, je t'aiderai à la suivre ; mais avant de savoir si tu es appelé à l'état religieux par un entraînement du cœur ou par cette sorte de mystérieux instinct qui pousse l'homme libre dans sa voie, je n'irai pas imprudemment, et sans une nécessité absolue, briser le cœur de cette pauvre femme, déjà tant brisée par les épreuves de la vie !

Gaspard n'était qu'un enfant, un enfant précoce, à la vérité, mais qui jouissait encore des prérogatives de cet âge d'or où aucun malheur n'est irrévocable, où la perte d'une illusion se remplace par une espérance, où l'âme pleine d'une noble confiance en la vertu de l'amitié lui donne à panser ses plus secrètes blessures.

Après avoir fait de la diplomatie avec M. Donizon, Gaspard, par une réminiscence enfantine, se jeta dans les bras du digne homme :

— Mais c'est pour elle, dit-il, c'est pour ma pauvre mère que je veux être prêtre !

Comme pour donner plus de solennité à ce qu'il allait dire, l'abbé garda le silence pendant quelques minutes, puis il se leva, et, montrant à Gaspard la plaine, les côteaux, les montagnes lointaines, confondues avec le bleu de l'horizon :

— Enfant, dit-il, peux-tu, dans l'ordre physique, mesurer la puissance des causes produisant de semblables effets ?

— Non, répondit Gaspard, étonné d'une digression qui lui sembla hors de propos.

— Crois-tu, continua le prêtre, que dans l'ordre moral il soit plus aisé à l'homme de déterminer l'étendue d'une des attributions du Tout-Puissant? Qui peut mettre des bornes à sa clémence ! Crois-tu que semblable aux dieux du Paganisme, sa justice soit mêlée de colère et que le repentir seul ne puisse le désarmer ? Crois-tu qu'il préfère, à l'encens du cœur, voir fumer sur ses autels les entrailles palpitantes des victimes ?

— Non, mais je le crois sévère dans ses jugements.

— Crois à sa miséricorde, mon fils, crois qu'une larme arrachée au vrai repentir est un autre baptême et crois qu'un sacrifice inutile attriste le ciel

— Mais qui peut m'assurer que mon sacrifice serait inutile ?

— Moi, répondit l'abbé avec un accent si grave qu'il fit passer l'enfant de l'extrême douleur à une sorte de joie relative ; moi, qui prends le ciel à témoin que la justice et la *nature* (il appuya sur le mot) te font un devoir de te vouer plutôt à la médecine qu'au sacerdoce. Si l'instinct filial, ce fluide particulier à l'organisme humain, et qui monte de la tige aux branches, a jamais traversé ton cœur, la voix du sang doit te crier ce que tu dois à ton père !

Je suis le fils du marquis, se dit Gaspard, convaincu que l'abbé, même en vue d'un plus grand bien, ne pouvait mentir. Il lui sembla qu'il reprenait possession de sa mère. La pensée de la faute disparut presque sous l'auréole du pardon divin obtenu à force de larmes, et dont le prêtre lui donnait l'assurance. La marquise, plus repentante que coupable, parut à son fils aussi digne d'amour et méritant plus de pitié.

En cela, Gaspard suivait la pente naturelle à tous les cœurs sensibles. La faiblesse, si inhérente à l'homme, par une de ces compensations mystérieuses dont Dieu seul a le secret, rend le repentir plus intéressant que l'innocence même. La Vallière aux Carmélites, pleurant ses triomphes sur

Louis XIV, est plus touchante que Marie-Thérèse pleurant sur ses infidélités ; Phèdre est plus dramatique qu'Andromaque. Il y a dans le malheur mérité un degré d'infortune que n'atteindra jamais la vertu, le témoignage qu'elle peut se rendre à elle-même étant toujours une compensation à la plupart de ses maux.

Gaspard, par un de ces revirements subits particuliers à la jeunesse, avait hâte de revoir la marquise et de lui demander en quelque sorte un pardon tacite. Par mille caresses, il eût voulu la payer du projet qu'il avait eu de la quitter. En même temps il sentit grandir son amour pour son malheureux père, et, plein de nobles projets de dévouement, revint à la maison.

CHAPITRE XII.

DES THÉORIES ET DE LA PRATIQUE DE M. LE CHEVALIER DE PONT-ESTRADE.

Demeuré seul, le vieil abbé songea longtemps, le regard perdu dans les profondeurs de l'horizon, repassant dans son esprit toutes les péripéties du drame où il se trouvait mêlé, oubliant ses propres

malheurs pour ne songer qu'à ceux de ses amis.
Comme le sage biblique, après avoir pesé le bien
et le mal, il trouva qu'il avait sujet de louer Dieu,
auteur de tout bien, et soupira en pensant que la
plupart des maux dont l'homme souffre viennent
de l'homme même.

— Excusez-moi, monsieur l'abbé, de venir troubler votre tête-à-tête avec la nature, dit une voix
sardonique qui fit brusquement sortir le bonhomme
de sa rêverie.

— Il n'y a pas d'offense, monsieur, répondit le
vieillard.

— De quoi? de quoi? fit le nouveau venu, qui
n'était autre que le chevalier Maxis, et vous aussi,
mon vieil homme de bien, sacrifiez la vérité à cette
politesse banale qui nous fait un devoir du mensonge. Comment, *il n'y a pas d'offense* de vous
arracher à la contemplation du splendide paysage
sur lequel le soleil d'automne verse ces flots d'or
liquide, pour vous prier d'arrêter vos yeux sur une
créature humaine pétrie de laideurs morales et phy-
siques.

— Vous auriez raison, reprit l'abbé, si vous ne
faisiez exception à la généralité des hommes, car,
si je ne me trompe, vous êtes monsieur de Pont-
Estrade, une âme fière sous un vêtement de comédie, un grand cœur sous une cuirasse caustique.

— Là, voilà qui m'apprendra à chercher la vérité. Comment diable m'avez-vous reconnu, après quelque vingt ans d'absence ?

— A la voix, mon bon ami, à cet interprète de l'âme qui subit bien moins que les autres organes les dégradations du temps.

— Vos yeux sont affaiblis, mais le cœur les supplée ?

— Hélas ! je ne vois plus que les lointains. C'est un de ces avertissements paternels que Dieu donne à la vieillesse d'avoir à regarder au-delà de l'horizon. Mais, monsieur le chevalier, reprit l'abbé en faisant auprès de lui une place à son visiteur, nous parlons là comme si nous nous étions quittés hier soir.

— C'est vrai, répondit le chevalier, nous avons oublié les exclamations obligées de tous les retours : Comment, vous voilà ? Ce qui veut dire : Je vous ai cru mort. — Comment, vous êtes revenu ? Ce qui signifie : On se serait passé de votre retour. Eh bien ! oui, me voilà, j'arrive de l'Inde : les tigres m'ont trouvé trop coriace. Si j'étais aussi civilisé qu'au départ, j'ajouterais que le désir de vous serrer la main m'a fait quitter cette terre des grandes chasses, du soleil et des diamants ; mais, ayant vécu là-bas dans un état voisin de la nature, j'y ai perdu l'habitude des mensonges de convention.

— Toujours le même, dit l'abbé, la nature vous a formé d'un bloc de granit : le temps glisse sur vous sans apporter aucune modification à votre humeur : tel je vous ai connu il y a vingt-cinq ans, tel je vous retrouve.

Il lui tendit la main.

— De quelque façon que vous ayez songé à moi, je vous en remercie, ajouta-t-il, j'en suis heureux, et vous en remercie : on aime à voir les gens de votre sorte.

— Et moi, ceux de la vôtre. Vraiment, quoique je ne sois pas venu exprès pour me procurer ce plaisir ?

— Drôle de corps ! reprit le vieillard en souriant, il n'y pas deux originaux comme vous. Dites-moi ce qui vous amène, je suis tout prêt à vous rendre service.

— Je vous crois, fit le chevalier en croisant ses jambes, vous êtes une des meilleures créatures que j'ai connues, voilà pourquoi je vous retrouve presque disgracié, et si vous croyez encore à la vertu, à l'amélioration de la race humaine, c'est que vous avez au corps le diable de l'opiniâtreté.

L'abbé eut un doux sourire.

— Mais, poursuivit Pont-Estrade, il ne s'agit pas de philosopher : tous les jocrisses de théories humanitaires tirent leur origine des mules du Lan-

guedoc, chacun sait ça ; je viens vous demander ce
qu'*il* y aurait à faire pour obliger ce butor d'Artona à cesser de copier la prose de MM. les employés de la sous-préfecture d'I...-sur-la-C...?

M. Donizon ouvrit de grands yeux. L'autre reprit :

— Il va sans dire que je suis riche et que ne
sachant, pour moi-même, que faire de mon argent,
je veux l'employer au bien-être de ceux que j'aime
et estime ; je voudrais faire le bonheur (on ne
donne pas d'autre nom à la richesse), je voudrais
faire le bonheur de votre élève.

— Faites-lui une donation, dit l'abbé plein de
joie.

— Bien trouvé, reprit Pont-Estrade avec son
sourire moqueur, je lui ai déjà fait l'offre de ma
bourse, mais ne savez-vous pas que ce paysan des
Nonnettes est plus fier qu'un hidalgo ! Que voulez-
vous, cet homme sent sa supériorité, et quoiqu'elle
ne lui ait rapporté que la misère, n'étant pas de
ceux qui mesurent les diverses capacités d'un
homme au total des pièces de cent sous qu'elles
ont pu donner, j'admets la haute valeur d'Artona,
et je comprends le légitime orgueil qu'elle doit lui
inspirer. Mais, que diable ! les fumées de l'amour-
propre, quand on a faim, ne valent pas celle d'une
soupe aux choux. Comment allons-nous pouvoir

nous y prendre pour rendre heureux ce républicain barbu ?

— Pour cela, il faudrait d'abord le séparer de sa
belle-mère, madame de La Plagne, dit l'abbé.

— Tiens ! tiens ! il est donc entré dans la noblesse, notre farouche sans-culotte ? Madame de la
Plagne ?... mais je connais ça, les La Plagne, des
mendiants titrés, cuirassés de ridicules, foisonnant
d'enfants... J'ai vu parfois la baronne...

— Artona souffre beaucoup de sa cohabitation
avec cette dame. Mais à cause de leur pauvreté
respective, il ne voudrait pour rien au monde s'en
séparer. Artona est la délicatesse même.

Le chevalier se mit à rire :

— Bon, dit-il, j'ai son affaire. Faudra-t-il aussi
le débarrasser de sa belle-sœur ?

— Oh ! non, au contraire, cette enfant est une
des joies du foyer de notre ami.

— Très-bien, et ensuite ?

— Artona a refusé un don, il acceptera un travail lucratif.

— C'est parbleu vrai ! Merci, monsieur l'abbé,
merci. Je vais lui commander des peintures.

Le vieillard soupira.

— N'est-ce pas, demanda Pont-Estrade, le travail qui convient à Artona ?

— Il en est un qui serait plus profitable à lui et

6

à d'autres, puisque vous êtes riche, si vous aviez des idées libérales, monsieur le chevalier... mais...

— Pauvre utopiste, je vous entends, dit Maxis, vous voudriez que je reprisse avec Artona l'affaire de Saint-Bernard que le petit Bergomme avait commencée et qui a fini, comme finiront longtemps encore, les tentatives de ce genre. Mais, à propos du petit marquis, dites-moi comment se porte Valentine ; je ne vous demande pas où elle est, ce serait commettre une indiscrétion sans doute.

— Hélas ! reprit l'abbé, évitant de répondre directement, quoique morte à toutes les joies de ce monde, je suis sûr que votre souvenir vit toujours au cœur de la marquise et qu'elle serait contente de vous serrer la main. Je lui demanderai la permission de vous présenter à elle.

— Merci !...

Il se prit à songer ; puis, tout haut :

— Pauvre femme ! dit-il, on m'a assuré que toute cette colonie fantastique était née de l'amour qu'elle inspira. Je le crois sans peine, et la fin de tout ceci ne m'étonne pas : l'amour ne doit pas emprunter les ailes d'Icare ; c'est une folie de placer son bonheur si près du soleil. Le public ne connaît que les effets du drame qui a dû se passer à Saint-Bernard, mais je frémis, moi, d'en approfondir les causes.

En ce moment, des petits garçons barbouillés de raisins vinrent à passer dans le chemin creux ; ils aperçurent l'abbé et se mirent à croasser en signe de mépris, après quoi ils entonnèrent un de ces féroces refrains que chaque révolution arrache au délire populaire :

Oh ! lieu coupairant laî testai,
Vé queleû coutys de blancs.

— Voilà, dit le chevalier, une poésie et des cris plus péremptoires que tout ce que je pourrais vous dire contre la multitude qui veut l'égalité par la guillotine. Allez, allez, faites ce rêve évangélique de la fraternité universelle ; moi, je ne suis pas si ambitieux, je veux seulement faire un peu de bien à mes amis, et encore ne suis-je pas sûr d'y parvenir. A propos, cher abbé, quoique d'après les nouveaux principes l'aumône soit avilissante, voudriez-vous me faire le plaisir d'avilir, avec cela, tous les malheureux qu'attire auprès de vous votre caractère ?

Il mit sur la table une bourse bien garnie. En s'en allant, il jeta ces mots en post-scriptum :

— Si Valentine consentait à me recevoir, prévenez-moi au plus tôt ; je loge à l'hôtel Roussard. Je suis ici pour plusieurs jours.

Au dehors, les enfants s'étaient remis à chanter.

L'abbé leva les yeux au ciel comme pour lui demander pardon des cris homicides sortis de ces bouches innocentes ; puis il appela un des petits garçons qu'il connaissait et dont la famille était dans le besoin, lui jeta une pièce de cinq francs en disant :

— Voilà ce qu'un *blanc* donne à ta mère ; dis-lui qu'elle vienne me trouver quand cela sera dépensé.

Le gamin, étonné, ramassa la pièce et se mit à courir vers la ville, comme s'il avait craint que quelqu'un ne lui arrachât son trésor. Arrivé à la barrière, il s'arrêta pour attendre ses compagnons. Avec ce sentiment de reconnaissance inné chez l'homme et avec cette facilité de transposition particulière aux gamins de tous pays, il se remit à chanter en considérant son bel écu neuf :

> Lieu coupaîrant pas lai testaî
> Vé queleû coutys de blancs.

Le chevalier, qui avait suivi un chemin parallèle, était arrivé aussi près de la barrière.

— Pourquoi, demanda-t-il au petit garçon, ne veux-tu plus leur couper la tête, à ces coquins de blancs ?

— C'est que les *blancs* donnent de ça, répondit l'enfant en faisant sauter l'écu.

— Hélas ! dit Maxis en s'éloignant, combien de

nobles convictions ressemblent à celle de ce petit. Décidément, je crois bien que les pivots sur lesquels roule l'humanité se réduisent à deux, la *foi* et l'*argent*.

Il ajouta avec un rire amer :

— Il y a encore le désenchantement qui flétrit la croyance sans la détruire et ôte à l'intérêt les jouissances de la possession.

Tout en réfléchissant et monologuant de la sorte, Maxis était revenu chez Artona, où l'orage de la veille retentissait encore. Lucy et Adèle avaient les yeux rouges. Madame de la Plagne, assise dans l'unique fauteuil de la maison, eût pu passer pour la mère des Machabées, tant elle était superbe de résignation et de sacrifice. Artona, qui venait de rentrer du bureau, dessinait pour se donner une contenance.

Le chevalier, après les présentations d'usage, et malgré l'indifférent accueil de la sensible baronne, approcha sa chaise de la noble dame, et lui dit avec l'aplomb qui le caractérisait :

— Monsieur le baron, votre défunt mari, était, n'est-ce pas, un cousin de madame la comtesse de Lavaure, ma grande tante ?

— Il est possible, répondit à tout hasard madame de la Plagne qui savait la douairière extrê-

mément riche et ne risquait rien à avouer une
parenté de ce genre.

— Moi, je suis sûr qu'ils étaient parents au quatrième degré, et que la succession...

Ce mot réveilla la monomanie de la baronne.

— Oui, en effet, interrompit-elle vivement, je
suis sûre à présent que nous sommes alliés à la
comtesse de Lavaure.

—Voilà une parenté qui me charme, poursuivit
le chevalier en laissant tomber une à une ces paroles : « Madame de Lavaure m'a laissé toute sa
fortune (la baronne fit un soubresaut et prit devant
Maxis la même attitude qu'elle eût prise devant le
Saint-Sacrement) ; oui, tous ses biens sont à moi
sauf cependant le petit castel dans lequel elle est
morte et qu'elle m'a prié, *verbalement*, de donner à
celle de ses parentes ou alliées qui consentirait à
l'habiter seule pendant dix ans. Quand je dis seule,
j'entends avec les domestiques qui ont servi ma
tante. Le reste de vos enfants étant casé, mademoiselle Adèle pouvant rester avec sa sœur, j'ai pensé
que vous seriez assez bonne pour m'ôter le souci
d'une recherche, plus difficile que je ne l'avais cru
d'abord.

La baronne dissimula sa joie sous un air d'indifférence :

— Et, comme cela, dit-elle, monsieur le chevalier, vous êtes maître de donner à qui bon vous semble un petit château avec un revenu de ?...

— Quatre mille francs, pas davantage pour l'instant, oui, chère madame ; une personne intelligente peut accroître ce rapport.

— Mais il faudrait me séparer de mes enfants ! exclama encore la baronne, en tirant son mouchoir.

— Pour dix ans, pendant lesquels vous aurez doublé votre capital. Leur intérêt est au bout d'un tel sacrifice.

Lucy et Adèle se jetèrent dans les bras de leur mère :

— Ne songez pas à nous, chère maman, dirent-elles, songez à votre bien-être, à cette tranquillité que j'eusse été si heureuse de vous donner, ajouta madame Artona.

Madame de la Plagne se tourna vers Maxis :

— J'accepte, dit-elle d'un air de victime.

— Il y a quelques formalités à remplir, observa le chevalier. Permettez-moi de vous accompagner chez le notaire.

Elle se leva comme pour aller au supplice :

— Oh ! cria-t-elle en prenant le bras de Pont-Estrade, seule ! seule ! je dois vivre seule ! Mes enfants, mes chères filles, il faut que je m'en aille loin de vous ! ! !

Il y eut une petite scène tragi-comique, pendant laquelle le chevalier ricanait en dedans.

—- Quel homme étrange que ce chevalier, dirent les deux sœurs quand il fut parti.

— C'est un homme de cœur qui sait faire l'aumône, répondit Artona gravement. Seulement, je me perds à chercher la raison qui a pu le déterminer à choisir notre mère pour l'objet de ses libéralités.

— S'il t'aime, dit Lucy, et s'il connaît notre intérieur, sa conduite m'est expliquée.

— C'est possible, répondit l'expéditionnaire en essuyant les yeux de sa femme et attirant Adèle auprès de lui. Allons, ne pleurez pas. Mme de la Plagne sera plus heureuse qu'avec nous. Bénissons la Providence et M. de Pont-Estrade, qui ont tout arrangé pour le mieux.

— On voit bien que tu ne l'aimais pas, notre pauvre mère.

—Vous en parlez comme si elle était déjà morte. Mon Dieu ! pourtant, il ne pouvait lui arriver rien de plus heureux. Quant à dire que je ne l'aimais pas, c'est une calomnie ; je ne pouvais manquer d'attachement pour celle qui m'a donné une si bonne femme et une si gentille sœur.

Et, sous les baisers, les larmes se séchèrent.

CHAPITRE XIII.

LE CLUB D'I...-SUR-LA-C...

Après une journée passée dans les vignes, une
partie de la population masculine d'I...-sur-la-C....,
réjouie par le plaisir et le bon vin, était venue au
club pour s'affirmer à soi-même que sous le prétexte de ses devoirs politiques, elle avait le droit de
rire, de chanter, de vociférer jusqu'au pied de la
tribune.

Ce soir là, le club avait une physionomie plus
animée que de coutume ; Madozet devait y faire sa
profession de foi, et plusieurs orateurs en renom
étaient inscrits pour y parler successivement. Ce
qui n'empêchait pas les Démosthènes du crû de
vouloir donner aux étrangers un échantillon de l'é-
loquence du pays.

Il faut avoir assisté à ces pasquinades politiques
pour comprendre les serrements de cœur qu'éprou-
vaient les vrais patriotes à voir la tribune envahie
par un troupeau d'imbéciles, se disputant chaque
soir le droit de dire des inepties qu'ils ne comprenaient pas eux-mêmes, mais qui avaient le don
d'éblouir la masse des paysans, dont le patriotisme
bruyant se traduisait par le cri mille fois répété de :

A bas les rats ! c'est-à-dire à bas les employés de
la régie. Dans cette seconde aurore de liberté,
éclairant les droits des classes populaires, leur
montrant les devoirs attachés à l'émancipation universelle, les paysans, abrutis par un demi-siècle
d'ignorance, ne souhaitaient qu'un progrès : l'abo-
lition de l'impôt sur les boissons, ne connaissaient
qu'un devoir politique, celui d'abolir ce droit par
la force ou autrement.

Le boulanger Bourrassou, le jardinier Montavoine, qui aspiraient au titre de conseillers muni-
cipaux, avaient l'habitude d'entretenir leurs compatriotes de l'ardeur de leurs convictions.

Au dehors, les femmes républicaines ou réac-
tionnaires (le mot était d'usage), massées devant la
porte et les fenêtres de la salle, formaient une sorte
de second public dont les applaudissements ou les
huées se prodiguaient libéralement aux orateurs.
Et, pendant les entr'actes de cette héroï-comédie,
on politiquait là tout aussi chaudement qu'à l'intérieur.

Voici un spécimen de ce que chantait chaque
soir ce chœur d'un nouveau genre :

— Dites-donc, Simonne, avez-vous entendu ce
qu'a dit le gros Caban ?

— Pardine ! celui-là n'ouvre pas la bouche sans

parler du *dur-Rolin* et d'un tas de cocottes qui lui trottent par la cervelle.

— On connaît son faible, à celui-là. Je vous demande si c'est pas honteux, au lieu de s'occuper des affaires de la République ?

UNE JEUNE BERGÈRE (on appelle ainsi les *artisanes*). — Vous êtes des méchantes langues : le gros Caban est un bon patriote ; il ne pense pas plus à ce que vous dites qu'à sa première chemise : il a parlé du Dru-Rollin, de Lamennais, de Lamartine.

— Eh ! bien, qu'est-ce que je disais donc : la Mennais, la Martine, c'est donc pas les cocottes du dur-Rollin ? Puisque l'impôt des quarante-cinq centimes était tout simplement pour l'entretien de ces belles demoiselles ; je le sais de bonne part.

— Qu'est-ce que vous dites, vieille folle !

— La vérité pure, jeune effrontée !

VOIX NOMBREUSES. — Silence, donc, on n'entend rien !

LA SIMONNE. — Montavoine est à la tribune : Dieu ! que cet homme parle bien ! Et, pourtant, ce n'est qu'un paysan comme nos hommes ! Oh ! on devrait le nommer député. Mais nos maris le porteront au conseil, ou le diable y sera !

— Taisez-vous donc, Simonne, portez qui vous voudrez, mais taisez-vous !

— Tais-toi toi-même, Fleur-de-Balais !

Cependant, les bonnes femmes eussent été fort empêchées d'entendre ce qu'avait dit Montavoine ; depuis dix minutes, il avait prononcé le mot sacramentel de : « Citoyens, » et, comme certains orateurs sacrés, il se recueillait avant de risquer son texte ou le commencement de son exorde.

Les citoyens paysans commençaient à murmurer, et des flots montants de : *Nom de nom !* (exclamation populaire du pays) donnaient le diapason de l'impatience de ces messieurs, lesquels, pour exercer leur part de royauté, se donnaient des airs de Louis XIV. Ce qu'ils aimaient surtout, dans les discours de leurs orateurs, c'était de ne pas les attendre.

Montavoine, qui revenait des vignes et se trouvait encore sous leur benoîte influence, voyant sans doute l'assemblée à travers la liqueur vermeille qui lui montait au cerveau, s'écria enfin :

« Citoyens,

» Nous sommes tous les enfants de l'amour... »

Un ouvrier cria dans la salle : « En ce cas, mon vieux, tu ne ressembles pas à ton père. »

L'orateur vit qu'il allait faire fausse route, il reprit : « Nous sommes tous enfants de l'amour... de la patrie... » (Applaudissements prolongés parmi les vestes grises.)

UNE VOIX. — Où ce diable de Montavoine trouve-t-il tant de *ficottes* (tant de choses fines) ? Et dire que c'est un jardinier, un paysan comme moi et toi !

L'orateur continue : « Si nous sommes les en-
» fants de la patrie, la patrie doit nous nourrir,
» comme une mère nourrit ses enfants. »

UNE VOIX. — C'est fichtre vrai, tu parles comme un *A, B, C, Daire*, Montavoine. Tu seras représentant, corbleu !

MONTAVOINE. — Hélas ! la patrie, cette marâtre, nous laisse crever de faim. (S'animant.) Oui, nous crevons de faim et de soif, surtout...

UNE VOIX. — Montavoine, mon vieux, tu es plein jusqu'au goulot de boudin et de *grillade ;* pour ton usage particulier, tu as fait, hier, tuer un cochon de cinq cents : l'as-tu fini cette nuit, et n'y a-t-il plus de vin dans ta cave ?

PLUSIEURS VOIX. — A bas l'orateur !

MONTAVOINE, continuant. — Hélas ! oui, j'ai tué mon cochon ; c'était, je l'avoue, une forte bête !

LA MÊME VOIX. — Pas si forte que toi ! (Vacarme dans la salle. — A bas l'orateur !)

QUELQUES PAYSANS. — Oh ! si nous avions nos

pioches ! Où sont donc nos pioches ! On ne veut pas qu'il parle, parce que ce n'est point un muscadin.

— Oui, parce qu'il porte la veste grise.

— Ça ne l'empêche pas de s'expliquer comme un maître d'école.

EN CHŒUR. — Nos pioches ! *nom de nom !* Si nous avions nos pioches !...

L'orateur descend au milieu du tumulte. Artona, nous l'avons dit, était président du club ; toutes les fois que la scène que nous venons de décrire se renouvelait, le malheureux républicain souffrait le martyre. Ce soir, son civisme devait être mis à une rude épreuve.

Les lauriers de Montavoine empêchaient de dormir un sien confrère, qui pensa que le moment de se révéler était venu. Il demanda et obtint la parole :

« Citoyens, » dit-il, faisant remarquer à l'auditoire que son discours était une improvisation « sans papier » (Parler sans papier était le *nec plus ultra* de la capacité parlementaire.), « je ne suis qu'un
» jardinier comme Montavoine, mais je puis parler
» aussi bien que lui ; j'en ai le droit, puisque le
» soleil est mon papa, la terre nourricière ma vraie
» maman, et que j'habite le firmament, puisque

» surtout, je m'appelle Plafond, dit Bousac (1). »

Un tonnerre d'applaudissements couvrit cette chaleureuse allocution.

Artona, rouge de honte, tremblant d'indignation, agita violemment sa sonnette :

— Citoyens, cria-t-il, je ne puis plus présider une assemblée dont les membres foulent ainsi le bon sens et la dignité de la République.

— Eh ! bien, f...-nous le camp ! aussi bien, tu n'es qu'un aristo. Tu es vendu à la préfecture, vociféra-t-on dans la salle.

— C'est vrai, il est vendu !
— A bas Artona !
— A bas les aristos !
— A bas les rats !
— Oh ! crétins ! tas de *dogues !* criait Brutus en s'efforçant de dominer le tumulte, cornes du diable ! au lieu d'écouter ceux qui veulent vous instruire !...

Mais sa voix se perdait dans le bruit.

Bourrassou s'élança à la tribune :

— Vous avez raison, hurle-t-il, mais silence ! Oui, Artona est vendu, non pas à la préfecture, mais à Henri V, qui est ici !... dans notre ville !

(1) Ces paroles, ainsi que les précédentes, ont été textuellement prononcées au club d'I....-sur-la-G...

La foudre éclatant au milieu de la salle n'eut pas causé une plus vive surprise.

— Henri V ici? demanda-t-on de toutes parts.

— Ici même, répondit Bourrassou, étourdi du succès de sa révélation ; ici, dans la maison... vous savez, cette maison de la rue...? enfin, là où demeurent ces gens que l'on ne voit jamais.

— Dans la rue du Chien ? demanda un notaire, connu pour ses opinions légitimistes.

— Oui, c'est ça, dans la rue du Chien; c'est là qu'on l'a vu avec un sac de balles sur le dos.

L'indignation et le fou rire se partageaient la salle.

— Ce que vous dites est impossible, objecta le notaire ; Henri V est à Londres.

PLUSIEURS VOIX. — Oui, oui, à Londres.

— C'est ça, à *l'ombre !* à *l'ombre !* mettons-le à *l'ombre,* vociférèrent les paysans, dont la plupart ne connaissaient la grande République que par les honteuses traditions du sac des châteaux et les excès de tous genres, que l'enivrement de la liberté transforma en sanglante tyrannie. Les braves gens, disons-nous, s'étonnaient de cette révolution pacifique dont le but avoué était plutôt d'élever les classes pauvres jusqu'aux classes riches, que d'abaisser celles-ci jusque vers celles-là.

— Quoi ! disaient quelques-uns d'entre eux,

voilà une jolie République pendant laquelle on ne guillotine personne ! pendant laquelle on ne pille rien.

Pénétrer dans la maison de la rue du Chien, dont les habitants passaient pour puissamment riches, était donc une perspective affriandante pour le troupeau des vestes grises.

Madozet prit la parole. Le prestige de la richesse le suivait partout, et là où l'éloquent Artona n'avait pu se faire entendre, on fit silence pour écouter le parvenu :

« Appelé à l'honneur de vous représenter, je voulais, dit-il, faire ce soir ma profession de foi politique, mais l'incident soulevé par Bourrassou me force à m'occuper de questions d'un ordre plus élevé que celles de croyances personnelles. Si Henri V est ici, je le saurai, fiez-vous à moi, et, demain ou après demain, je vous appellerai s'il y a lieu, afin de vous faire participer à l'honneur d'une prise qui consolidera la République. Je vais de ce pas à la rue du Chien.

— Prenez garde d'être trompé, dit une voix.

Madozet eut un sourire de pitié et d'orgueil :

— Avant la fin de la séance, dit-il, vous saurez à quoi vous en tenir.

Il salua et sortit de la salle dix minutes après Artona.

— Vive Madozet !

— Vive la République !

— A bas les aristos !

— A bas les rats !

Tels furent les cris qui accompagnèrent Madozet jusqu'à la porte.

Le cœur gonflé, les yeux humides, Artona se promenait sur la place plantée d'arbres qui s'étendait devant le club, écoutant les clameurs furieuses qui s'échappaient par les fenêtres de cette étrange école de politique.

— J'espère que tu en as assez, hein ? dit une voix railleuse, tandis qu'une main se posait sur l'épaule du président. Tous les hommes sont fous, le diable m'emporte !

— Oui, cher monsieur de Pont-Estrade, vous avez raison, répondit Artona, la folie de l'intérêt particulier possède cette masse, et l'ignorance l'aveugle sur ses véritables biens ; mais, patience ! laissez luire la lumière dans tous ces cerveaux obscurcis, et vous verrez à quel faîte la liberté peut monter l'homme.

— Mais, malheureux, dans la main de cette masse, ta liberté est un coutelas dans celle d'un enfant qui tette ; éclaire d'abord l'aveugle, si tu veux qu'il marche droit.

— Hélas ! oui ; c'est ce qu'il eût fallu faire. Si

les révolutions accomplissaient paisiblement leur
enfantement de progrès, nous n'en serions pas là.
Mais, hélas ! dans les crises sociales, la liberté
est comme une lionne captive qui a rompu sa chaîne ; elle ne marche plus, elle court ; ses bonds dé-
sordonnés l'éloignent du but, ses enfants mêmes
ne peuvent la suivre. Les événements nous ont
poussé à cueillir le fruit avant sa maturité. Le fait
accompli a élevé sur le sable le monument de la
République.

— Et où diable veux-tu qu'on bâtisse, en France,
où depuis soixante ans le sol ébranlé entasse ruine
sur ruine, où l'on fait en théorie cent pas en avant
et en pratique quatre en arrière ? où les gouvernants (je ne parle pas des ombres chinoises qui en
ce moment passent sur le théâtre du pouvoir et
qu'un changement de spectacle va faire disparaître
de l'affiche), où les gouvernants, dis-je, se servent
de la liberté qu'ils vous donnent aujourd'hui pour
vous disputer celle qu'hier leur arracha la force
des choses. Artona, mon ami, vraiment, tu me
fais peine à voir, attelé à ce char dont les roues ont
écrasé la plupart de ses conducteurs. A la vérité,
tout cela est une affaire de goût et de *lanterne*.

— Oh ! de lanterne surtout, dit Artona : le char
n'écrase ses conducteurs que lorsque la route qu'il
tient n'est pas éclairée.

— Certainement ! Mais alors pourquoi ne pas laisser la machine aveugle dans la remise jusqu'au moment où le lampion...? Tiens , laisse – moi la paix, tu me forces à parler politique comme si je voulais me chauffer au soleil du budget, comme si je croyais à l'amélioration de la race humaine ou à l'efficacité des lanternes. A propos de lanterne, il ne fait guère plus clair dans les rues d'I....-sur-la-C... que dans la tête de beaucoup de ses habitants. Connais-tu la rue du Chien ?

A cette question inattendue , Artona tressaillit :

— La rue du Chien, répéta-t-il , vous avez besoin d'y aller ?

— Oui, pour avertir les gens d'une certaine maison de se tenir prêts à recevoir la visite de MM. les *citoyens* paysans qui, à ce que j'ai pu voir, ne seraient pas fâchés de boire un coup à la santé d'Henri V, aux dépens de pauvres gens dont la vie mystérieuse et la réputation de fortune ont allumé la curiosité et les convoitises desdits citoyens.

— On a parlé de ça, fit Artona d'une voix troublée, on voudrait inquiéter ce pauvre...

Il s'arrêta.

— Ce pauvre qui ?... demanda l'autre.

— Gustave de Bergonne, répondit Artona avec effort.

Un long silence suivit ces paroles. Le chevalier,

avec sa sagacité ordinaire, se rappelant que Pierre
n'avait rien répondu à ses questions sur le marquis, entrevit ce qui avait dû se passer entre ces
deux frères d'adoption. L'espèce d'analogie physique que, dans sa pensée, il avait établie autrefois
entre Artona et sa cousine, lui revint en mémoire.
La jalousie, la haine, l'indignation gonflèrent son
cœur. Pourtant, malgré les bruits qu'il avait re-
cueillis, il avait peine à y voir des coïncidences
fâcheuses pour le peintre ; il voulait douter encore.
Et cependant le doute le torturait.

Il en sortit avec sa brusquerie habituelle :

— Corbleu ! dit-il, je pense que tu vas immé-
diatement avertir Valentine et son mari ?

— Vous les avertirez vous-même, monsieur de
Pont-Estrade, puisque vous aviez l'intention de
leur faire une visite.

— Comment donc ? mais c'était sans les connaître. Puis-je arriver du Congo chez des amis pour
leur porter l'alarme ! Non, non, c'est à toi à y aller
et à m'annoncer.

— Je ne puis... dit Artona d'une voix étranglée.
Seulement, quelques amis et moi garderons les
issues de la rue, s'il le faut, et l'on n'arrivera chez
Gustave qu'après m'avoir passé sur le corps.

Maxis sut gré à l'expéditionnaire de n'avoir pas
prononcé le nom de Valentine.

« Après tout, se dit-il, j'ai beau avoir le cœur serré de ce que je devine, ce garçon-là a cédé à l'occasion. Tout cela est de ma faute, peut-être ; qu'avais-je besoin de signaler mon étoile à ces astronomes d'amour ? Nous l'avons adorée tous trois, chacun suivant nos moyens : moi, comme un incapable ; Gustave comme un riche, et celui-là, ma foi ! comme le hazard l'a voulu. La vie est une farce ! farce funèbre, dont il faut rire pour ne pas en pleurer comme les grandes eaux de Versailles ! »

— Tu dis donc, reprit le chevalier, qu'on te passera sur le corps avant d'arriver à Gustave. C'est bien, nous n'en sommes pas là. M. Madozet, un drôle qui manquait sans doute à l'équilibre politique du pays, a pris les Bergonne sous sa haute protection ; il n'y a rien à craindre pour aujourd'hui. Tiens-toi tranquille ; demain, j'irai voir nos amis, ou plutôt je leur dépêcherai le bon vieil abbé Donizon. Retourne chez toi. Je vais rentrer au club, moi, pour savoir ce que le citoyen Madozet va dire à cette meute pour la calmer ; quelle curée il lui jettera en échange de celle qu'elle attend.

CHAPITRE XIV.

DANS LA RUE.

Pendant que le chevalier et Artona discouraient ensemble, Madozet se présentait à la porte de la rue du Chien. Sans doute les autres serviteurs étaient occupés, car ce fut Nanette qui répondit au coup de cloche de l'industriel. Suivant les habitudes de circonspection ordinaires au logis, elle ouvrit d'abord le guichet, et, pour reconnaître le visiteur, elle éleva à la hauteur de sa tête la lanterne qu'elle avait apportée, et dont le foyer frappa en plein la figure de Madozet.

Au brusque mouvement que la surprise arracha à la servante, celui-ci répondit :

— Oui, c'est moi ; croyez bien qu'il m'a fallu une puissante raison pour me présenter ici ! Il ne s'agit de rien moins que de la vie de vos maîtres ! Il faut que sur-le-champ je parle à la marquise.

Et, comme Nanette hésitait à ouvrir :

— Nous sommes en république, savez-vous ? ajouta-t-il d'une voix sinistre.

Nanette, quoique effrayée par ce mot de République, dont le sens avait été si fatal à la noblesse au service de laquelle elle était née, comprenait instinctivement que si le danger existait, il était plutôt dans celui qui semblait vouloir le conjurer que dans le danger lui-même. Aussi demeurait-elle les yeux écarquillés, les bras ballants, devant l'effronté visiteur.

Celui-ci, voyant l'hésitation de la servante, lui tendit à travers le guichet un papier cacheté, sans doute préparé pour le cas prévu où la porte lui serait refusée.

— Remettez, dit-il, cette lettre à votre maîtresse. Je vous le répète, il y va pour elle des intérêts les plus graves.

Il ajouta, voyant que l'autre demeurait immobile :

— Tenez, voilà cinq francs pour votre peine.

Et il tendit à la servante un écu qu'elle ne prit pas et qui tomba dans la cour.

Le bruit argentin de la pièce sur le pavé tira Nanette de l'espèce de torpeur dans laquelle la jetait la présence du parvenu. Elle s'éloigna lentement, sans dire une parole, laissant le visiteur à la porte.

— Décidément, se dit Madozet, je n'ai jamais eu de bonheur avec ces Roche-Brune. Il était écrit que tout, dans cette famille maudite, tout, jusqu'aux valets, m'abreuverait d'outrages. Cette **servante n'a pas daigné ramasser mon argent...**

Mais, patience !... peut-être aurai-je mon tour...

Quel sentiment poussait Madozet chez la marquise ? Lui-même n'eut pu le dire. C'était à la fois une vague réminiscence d'amour et un désir de vengeance. Lequel de ces deux extrêmes, qui se touchent si souvent dans le cœur ulcéré, allait avoir le dessus ? Les circonstances dont le poids pèse si fort dans les destinées humaines allaient en décider.

En attendant qu'on lui ouvrît, Madozet faisait son thème : il venait sauver la marquise du danger qu'il avait suscité. Cette ruse coupable le remettait en présence de la dernière idole de sa jeunesse. Et le cœur lui battait comme à vingt-cinq ans. Il préparait sa phrase d'entrée ; il en choisissait les expressions, en arrondissait les périodes ; s'identifiant à celle qu'il venait voir, il se donnait la réplique pour des réponses, tantôt humbles et caressantes comme en sait trouver l'amour, tantôt mordantes ou cruelles comme la haine peut seule en cracher au visage d'un ennemi.

Sans doute le billet de l'ancien homme d'affaires était péremptoire, car, après y avoir jeté les yeux, la marquise ordonna qu'on en introduisît l'auteur.

CHAPITRE XV.

LE VRAI CHATIMENT.

Quand Madozet entra, madame de Bergonne, brisée par les émotions de la nuit, troublée par le contenu du billet qu'elle venait de recevoir, était plus pâle encore que de coutume. Cette pâleur, vivement tranchée par son vêtement de velours noir, donnait à sa noble figure quelque chose de si étrangement imposant, que l'homme d'affaires en fut interdit. C'est à peine si, dans la chambre de Gaspard, il avait assez vu la marquise pour la reconnaître. Il n'avait donc pu remarquer l'étrange transformation que le malheur avait opéré en elle. En la revoyant aussi sculpturalement belle, il eut comme un frisson de peur, et, en présence de ce blanc fantôme, il lui sembla qu'en passant le seuil de cette demeure il avait commis une sorte de sacrilége, comme la violation d'un tombeau ! Il se sentit saisir de ce respect involontaire qui s'empare de l'homme dans les monuments élevés pour la prière ou à la patrie, alors que le crépuscule fait lutter l'ombre et le jour sous les arceaux des hautes voûtes.

Mais cette impression, dont une certaine durée

n'appartient qu'aux organisations sensibles, devait
se dissiper bientôt.

La marquise parla la première :

— Quel motif, lui demanda-t-elle d'une voix
tremblante, qu'elle s'efforçait de raffermir, a pu
vous pousser, monsieur, à violer le secret de ma
demeure; vous faire employer une sorte de menace
pour obtenir une entrevue que nos relations passées rendent plus qu'étranges ?

Le ton presque hautain de ces dernières paroles
rendirent Madozet à lui-même. Plus étonné que
touché de l'état de Valentine, il cherchait à démêler
sur son visage la nature des souffrances qui l'a-
vaient ainsi transformée. Il s'inclina et répondit :

— Ces relations, quelque pénibles qu'elles aient
été pour vous, madame, ne sauraient détruire le
sentiment qui ne les rendit telles que parce qu'il
ne fut ni agréé, ni apprécié. Et la preuve qu'il
subsiste toujours, c'est que je viens pour vous
sauver !

La marquise ne manifesta aucune émotion. Madozet poursuivit :

— Oui, vous sauver : quelques républicains se
sont imaginés qu'on ne se cachait pas sans raison,
et ils ont cru que votre maison était un foyer d'intrigues... politiques... Ils ont résolu de faire une

perquisition chez vous, et comme je sais que vous avez quelque chose à cacher...

Valentine se leva comme pour indiquer au visiteur que son audience était finie :

— Je vous remercie, dit-elle d'une voix douce, de l'intention qui vous a amené ; je la mettrai devant le souvenir du mal que vous nous avez voulu autrefois. Quant à ce que je puis avoir à cacher, croyez, monsieur, qu'il n'y a dans le mystère de notre existence rien que d'honorable.

Il eut un mauvais sourire :

— J'aimerais à vous croire... dit-il en se levant.

— Expliquez-vous, monsieur, reprit la pauvre femme d'une voix si basse et si tremblante qu'à peine son interlocuteur l'entendit, je n'ai ni le temps, ni la volonté de chercher le sens de paroles énigmatiques dont je ne comprends que l'insultante intention.

— Vraiment, vous ne me comprenez pas ? dit Madozet de sa voix fausse.

Les instincts de son imagination dépravée reprenaient le dessus ; le sentiment d'involontaire respect dont, en entrant, il s'était senti frappé, avait fait place à une sorte de colère sourde ; il ne savait pas précisément ce qu'il attendait de la marquise, mais il sentait le besoin de lui rendre le mépris dont elle et les siens l'avaient couvert autrefois. Ce qu'il avait osé penser en la voyant venir chez Gaspard, il eut voulu pouvoir le lui jeter à la face en disant : — Et moi aussi je connais ta honte, et moi aussi je te méprise. — Il reprit :

— Alors, il vous serait indifférent qu'on surprît ici le jeune Gaspard ?... Vous me forcez à dire des choses qui me font mal, car mes sentiments pour vous n'ont pas changé.

— Sans doute, répondit la marquise, en me faisant perdre l'habitude d'échanger ma pensée avec des indifférents, la solitude a obscurci mon intelligence ; mais, je vous le répète, je ne comprends rien à vos paroles. Car, pour ce qui regarde vos sentiments...

Par un mouvement rempli de dignité simple, elle se plaça sous un rayon de la lampe, et, montrant les innombrables anneaux de sa tête blanche :

— Voyez, dit-elle, si je n'ai pas lieu de m'étonner que vingt ans d'absence n'aient pas jeté sur votre flamme autant de glace qu'ils ont jeté de neige sur mes cheveux ?

Mais cette pudique exhibition manqua son effet, Madozet demeura ébloui de la beauté plastique sur laquelle l'absence de couleur arrêtait le regard et dont la pureté forçait l'admiration.—Oh ! qu'elle est jeune encore, se dit-il. — Et il crut à la vérité du roman qu'il avait soupçonné entre la marquise et Gaspard. Ce fourbe s'indigna de la prétendue faussété de la pauvre femme.

— Et que m'importe, reprit-il avec une brutalité qui eut fait rougir Valentine si tout son sang n'eût afflué au cœur, qu'importe à vous et à moi vos cheveux blancs ? les montagnes de la Magdeleine sont-elles moins coquettes, moins riantes, dans leurs robes vertes constellées de fleurs, parce que leurs sommets sont poudrés comme des nymphes de cour ! Oh ! vous le savez bien, vous êtes toujours adorable !

— Monsieur, répondit Valentine indignée, je ne sais ce que j'ai à craindre, ni quelle toile ténébreuse vous venez ourdir autour de moi, ni quel rêve monstrueux vous avez fait, mais je ne puis, ni ne dois vous écouter davantage.

— Pourquoi cela ?

— Parce que je m'appelle Valentine de Bergonne.

Il se mit à ricaner :

— Vous jouez, dit-il, dans la perfection, un rôle qui vous va bien, mais dont malheureusement je vous ai vu déposer le masque pour celui de la marquise Almaviva, chez le jeune Gaspard.

— Sortez ! cria Valentine, sortez, ou j'appelle mes gens !! Vous parlez de mon fils !...

Madozet ne bougea pas. L'indignation clouait la pauvre mère sur son fauteuil.

— Pardon, reprit l'impudent, après un moment de suprise,—pendant lequel il supputa les nouvelles chances que pourrait lui donner ce changement de situation, — pardon, madame, mais si Gaspard est votre fils, il ne saurait être à la fois celui de M. de Bergonne et son valet.

Encore une fois, la faute de Valentine, mal interprétée, mais entrevue dans ses conséquences possibles, l'obligeait à courber la tête et à souffrir l'insulte d'un lâche ennemi.

— Je vous jure, monsieur, dit-elle d'une voix suppliante, je vous jure...

— Ne jurez pas, madame ; si vous n'avez pu convaincre votre mari de sa paternité, comment pourriez-vous me la faire croire, à moi, que M. de Bergonne a envoyé chercher à dix heures du soir pour me vendre (comme à un génie malfaisant qui devait la détruire, — les vôtres m'ont toujours méprisé) cette colonie née, dit-on, de l'amour que vous aviez inspiré ! Vous savez bien que je suis venu à Saint-Bernard la nuit du jour où M. Artona a fait sa petite comédie de suicide ; au milieu de tous les commentaires soulevés par votre disparition, moi seul ai démêlé la vérité.

La marquise fit un geste suppliant.

— Oh ! rassurez-vous, reprit le lâche, qui jouissait des angoisses de la malheureuse, rassurez-vous, je n'ai fait part à personne du résultat de mes observations. J'avais placé l'idole trop haut dans mon cœur pour le livrer moi-même à l'avilissement du public, car je vous ai toujours aimée, moi.

— Monsieur, dit la marquise, écrasée de honte, je vous ai vu quelquefois franc jusqu'à la brutalité. Vous n'êtes pas venu dans le but seul de m'avertir d'un danger et pour le triste plaisir d'insulter une femme sans défense : vous voulez, vous espérez autre chose ! Dites, monsieur, si c'est une de nos terres que vous convoitez, serait-ce la Roche-Brune, je ferai mon possible pour que vous l'ayez.

— C'est ainsi que vous me jugez, fit Madozet en haussant les épaules : des terres ! de l'argent ! voilà les seuls mobiles que l'on peut supposer à un manant de ma sorte ! Mais, une fois pour toutes, sachez donc que je suis plus riche que M. de Bergonne ; que l'appât du gain n'a pas de quoi me donner une ombre d'émotion. Ce que je veux, c'est sans doute la réalisation d'une chimère : je veux que vous cessiez de me mépriser ! de me haïr !

—Je ne vous ai jamais haï, monsieur, répondit la pauvre femme, et n'ai le droit de mépriser personne.

— C'est trop d'humilité, madame, reprit Madozet

triomphant. Alors, vous me permettrez de revenir quelquefois vous voir, vous me permettrez d'entre-prendre ma réhabilitation ?

— Oh ! fit-elle avec effroi, vous savez bien que nos relations passées rendent la chose impossible ; que dirait le monde ? que dirait mon mari ?

— Nous mettrions dans mes visites un mystère qui...

— Assez, monsieur !

De nouveau elle lui montra la porte.

— C'est ainsi que vous le prenez ? répondit-il. Eh ! bien, à bas les masques ! lisez dans mon jeu, et voyez si j'ai de belles cartes contre vous : tant que je vous ai cru respectable, j'ai fait taire mes sentiments, je vous ai respectée ! mais aujour-d'hui...

— Aujourd'hui ?...

— Aujourd'hui, en attendant que j'en obtienne une plus douce, je suis venu chercher la revanche de tous les mépris dont vous et les vôtres m'avez abreuvé.

— Soyez content, répondit la marquise, dont le noble sang bouillonnait, vous avez dépassé votre but : je suis assez humiliée pour ne point oser vous faire jeter à la porte, après vous avoir craché au visage !

Madozet eut un rire de démon :

— Voilà qui me met à l'aise, dit-il : mêlez vos faveurs d'autant d'amertume qu'il y a de haine dans mon amour, et nous serons quittes.

Il s'était levé; il se rassit.

— Vous permettez? fit-il d'un ton naturel.

— Comment donc, monsieur? répondit Valentine, les lèvres relevées par un rictus convulsif, comment donc! ne vous gênez pas. Parlons comme de vieux amis.

— Oui, c'est cela, comme de vieux amis : parlons à bâtons rompus, sans nous mettre en peine de chercher la liaison entre les sujets de notre conversation. J'ai fait une remarque, madame.

— Laquelle, monsieur?

— C'est que toutes les femmes trompées par le mariage (criminelles ou vertueuses) adorent leurs enfants.

— Ah!

— Oui. Et vous, madame la marquise, dont l'union a été si malheureuse, pouvez dire s j'ai raison.

Elle ne répondit pas. Il poursuivit :

— Je suis sûr que vous devez avoir la fibre maternelle plus sensible qu'une autre et trouver encore, dans les caresses de votre fils, l'arrière-goût du fruit défendu? Un tel amour, comprimé par le mystère que comportent les circonstances, est comme un flot arrêté dans sa course. Vous devez aimer cet enfant de toute la retenue que vous impose la présence de votre mari?

— Démon! exclama la pauvre mère, qui entrevit un monde d'iniquités derrière les prévisions du parvenu.

— Oui, vous l'aimez au-delà de tout, poursuivit-il, ce jeune homme, qui est déjà une merveille, à ce que l'on assure. Vous tenez à son estime plus qu'à la vie, peut-être?

La marquise frissonna; il lui sembla voir le fond du gouffre que sa faute avait creusé autour d'elle! Prise d'une sorte de vertige maternel, foulant aux pieds l'orgueil de caste et jusqu'à sa dignité de femme offensée, elle s'empara d'une des mains de Madozet:

— Qu'est-ce que cela vous fait, demanda-t-elle, qu'une mère aime son enfant et veuille en être estimée? Dites, cela doit vous être égal! Ce serait si affreux d'être obligée de rougir devant son enfant!.. Mais à quoi donc vais-je songer? il faudrait être un monstre pour vouloir avilir une mère devant son fils! Vous êtes incapable d'une telle infamie!... Vous êtes moins méchant que vous voulez le paraître!

Elle tremblait; ses paroles sortaient entrecoupées par le claquement de ses dents. Lui, calme et froid, l'écoutait sans rien dire.

— Vous m'en voulez, poursuivit-elle, parce qu'autrefois... je... vous ai méconnu... Pardonnez-moi, monsieur, un préjugé de naissance qui m'empêchait de mesurer les hommes à leur valeur personnelle. Oh ! voyez-vous, l'orgueil du nom, c'est terrible, monsieur ; on suce cela avec le lait ; c'est pourquoi il faut me pardonner ! Je vous demande pardon, monsieur Madozet. La fille du comte Paul de la Roche-Brune, la marquise de Bergonne vous supplie d'avoir pitié d'elle !

Elle était presque à ses genoux dans l'attitude la plus humble. C'était plus que Madozet n'avait espéré.

— Relevez-vous, de grâce, lui dit-il, relevez-vous ; votre fils ne saura rien, parce que vous m'accordez la faveur de vous voir quelquefois. Vous le voyez, je demande peu de chose ; me le refuser serait me pousser à bout...

— Et si les convenances me défendent de vous recevoir?... si ma conscience...

Madozet fit un brusque mouvement d'épaule :

— Si votre conscience parle trop haut, dit-il, vous lui répondrez ce que dans une autre *occasion* vous avez dû lui répondre !

La marquise vit bien que cet homme était de bronze et qu'en vain elle s'était abaissée devant lui. Elle se rejeta vivement dans un fauteuil, l'œil ardent, la lèvre frémissante :

— Allez, fit-elle, dites-moi bien que je n'ai d'autre alternative que d'être avilie à mes propres yeux ou à ceux de mon fils. C'est bien là votre dernier mot, n'est-ce pas ?

— C'est le vôtre, madame, et, quoique je lui donne un autre sens, c'est aussi le mien.

Il se fit un long silence. Valentine le rompit :

— Je ne veux pas être déshonorée devant mon fils ! dit-elle lentement... Je vous attendrai demain, à huit heures, à la Roche-Brune.

Le parvenu se leva. Un éclair de joie féroce brilla dans ses grands yeux ronds ; il releva la tête avec orgueil.

— A demain, dit-il, vous me jurez sur l'honneur...

Elle l'interrompit :

— Je n'ai plus d'honneur, mais je vous jure sur celui de mon fils que demain, à huit heures du soir, vous me trouverez à la Roche-Brune.

Le ton de ces dernières paroles émut presque Madozet :

— Vous m'en voulez beaucoup ? demanda-t-il.

— Non, monsieur, je vous pardonne !

Elle le reconduisit en répétant à voix basse :

— A demain ! à huit heures ! à la Roche-Brune !

CHAPITRE XVI.

LE RÊVE DE GASPARD.

Quand Madozet fut parti, la marquise resta longtemps la tête renversée sur le dossier de son fauteuil, les yeux fermés, les mains jointes sur ses genoux. Sans les oscillations saccadées de sa poitrine, on eut pu la croire morte. Elle rêvait !! Que
rêvait-elle ? Sans doute quelque chose de terrible,
car lorsqu'elle se leva pour se rendre à la chambre
de Gaspard, sa figure, dont une glace lui renvoya
l'image, lui fit peur. Elle se remit et sourit amère-
ment : — Cet homme, dit-elle à voix basse, cet
homme me laisse peu de chose à faire : je suis
morte à demi !...

Après avoir traversé presque toute la maison,
elle se trouva dans la chambre de son fils, non pas
dans celle où nous avons introduit le lecteur au
commencement de cette partie, et qui ne servait
que pour les changements d'accoutrement nécessités par les communications du dehors, mais dans
un charmant réduit, où la main délicate et pré-
voyante d'une mère se trahissait partout.

Le jeune homme dormait ; sa tête brune se dé-
tachait vivement sur l'oreiller de percale ; d'innom-

brables boucles de cheveux noirs s'éparpillaient en désordre autour de son front déjà haut et puissant comme un front de penseur. La pauvre mère le considéra longtemps. Absorbée dans l'âpre enivrement de cette contemplation, elle n'entendit pas sonner minuit. Quelqu'un alors frappa doucement à la porte, qui sembla s'entrebailler d'elle-même, et une voix affectueuse dit tout bas :

— La nuit s'avance, vous ne voulez donc pas dormir aujourd'hui, chère madame?

— Je viens, dit la marquise, va te coucher, Nanette.

— Quand vous le serez vous-même. Pas avant, vous savez bien?

En ce moment Gaspard éclata en sanglots :

— Maman! maman! cria-t-il, étendant les bras dans le vide comme pour saisir le fantôme de son rêve.

Sa mère se hâta de l'éveiller.

— Ah! c'est toi! dit le jeune homme, lui passant les deux bras autour du cou, en la couvrant de baisers, c'est toi!... Je rêvais que tu étais morte! Tu étais là couchée dans une bière, avec des cierges autour! Oh! c'était affreux!

— Et moi, je n'y étais pas? demanda Nanette qui venait d'entrer.

— Non, répondit Gaspard, il n'y avait que ma mère, dont je touchais les mains glacées ; il n'y avait qu'une pauvre petite branche de lierre, flétrie, déchiquetée, avec un visage humain qui se tordait sur le pied du cercueil.

— Tais-toi ! oh ! tais-toi, dit la marquise en étreignant convulsivement son fils. Ne pleure pas ainsi, tu me fais mal.

— C'est que... c'était si horrible, je...

Et il redoublait ses larmes et ses caresses. Elle eut toutes les peines du monde à le calmer.

— N'est-ce pas ? disait-il, c'est de l'enfantillage, puisque te voilà, ma mère chérie. Mais, que veux-tu ? reprenait-il en souriant à travers ses larmes, c'est plus fort que moi. Un rêve, ça n'a d'autre différence avec la réalité que le plus ou moins de durée. Je t'ai réellement perdue pendant une heure, et cela m'a suffi pour m'initier aux plus affreux déchirements de l'âme !

— Mon Dieu ! se disait la pauvre mère, dont le front dégouttait d'une sueur froide, mon Dieu ! sauvez-moi, éloignez ce calice ! faites-moi vivre pour cet enfant. Mais non, il mourrait de ma honte, il l'a dit... Je suis condamnée !

Et elle faisait un pas pour sortir, puis elle revenait, embrassait encore l'enfant, se penchait sur son lit, touchait ses cheveux, baisait ses mains, s'en retournait encore pour revenir.

— Allons, dit Nanette, tout songe est mensonge. Puisque je n'étais pas morte avec madame, c'est que ce rêve-là ne signifie rien. Allons nous coucher. Adieu, mon filleul ; tiens-toi sur le côté droit pour éviter le cauchemar.

Sur cette recommandation, elle emmena sa maîtresse.

Lorsque le jeune homme n'entendit plus dans les corridors le bruit des pas de sa mère et de sa marraine, une sorte de terreur vague s'empara de lui. Comme si la veille continuait le sommeil, son cœur se serra des plus tristes pressentiments, et lorsque, troublant le silence de la nuit, le chien de garde se mit à gémir de cette voix si particulièrement lamentable qu'ont certains individus de la race canine, il semblait à Gaspard que la mort planait sur la maison. Il se pelotonna dans ses couvertures et essaya de dormir ; il n'y réussit pas ; alors, il appela à son aide le peu de philosophie que l'éducation du collége avait mis à son service pour la pratique de la vie. Il chercha à analyser le rêve, mais au lieu de s'en rapporter aux savantes définitions de ses maîtres que les souvenirs classiques, forcément évoqués, amenaient en foule, il ne pouvait faire attention qu'aux explications données sur

les rêves par les légendes de la Myon-Bussière aux
veillées du moulin de Jean—Louis, légendes naïves
que les souvenirs d'enfance (les plus ineffaçables
de la vie) apportaient comme de mystérieuses menaces pour l'heure présente.

Quel est celui qui pourrait prononcer entre l'esprit fort, qui ne voit dans ce dédoublement mo-
mentané de l'être humain qu'une opération matérielle, et l'esprit naïf et croyant auquel le rêve
semble une plus haute perception de l'âme débar-
rassée d'une partie de ses liens de chair.

———

CHAPITRE XVII.

LE MATIN D'UN BEAU JOUR.

Gaspard passa le reste de la nuit dans une sorte
de demi-somnolence, pleine d'images pénibles que
le jour emporta dans les pans de sa robe lumi-
neuse. Il se leva de grand matin, endossa sa livrée,
et descendit. Il vit le marquis sur la terrasse de sa
chambre, tête nue, le front levé vers l'orient, dont
les douces teintes empourpraient sa figure d'une
lueur de vie.

— Oh ! que je voudrais pouvoir me jeter dans
ses bras, dit le jeune homme, le supplier de se rat-

tacher à l'existence pour l'amour de ma mère et de moi, faire tressaillir son cœur en lui criant : Je suis ton fils !

En ce moment, Valentine, en costume de ville, apparut au bas du perron, et en même temps la porte de la remise s'ouvrit à deux battants pour laisser passer une calèche attelée, conduite par Mathieu.

Avant de monter en voiture, la marquise leva les yeux vers la terrasse ; sans doute Gaspard fut frappé de l'expression de ses traits ; il redescendit. Sa mère l'appela :

— Je vais, dit-elle, à la Roche-Brune : à trois heures sonnantes, tu remettras cela à ton père.

Elle lui donna un petit rouleau de papier cacheté. Sa main tremblait ; Gaspard lui demanda à voix basse : — Qu'as-tu ?

— Rien, répondit-elle.

Elle se plaça dans la voiture. Nanette vint derrière elle et se mit sur la banquette de devant.

— Mais mon mari aura besoin de toi, lui dit la marquise. Reste, je t'en prie.

Le marquis l'entendit.

— Emmenez qui bon vous semble, lui cria-t-il, Gaspard et le cuisinier suffiront à mon service.

Gaspard remonta.

Mathieu était sur son siége attendant l'ordre de

partir, mais Valentine ne se pressait pas de tirer le cordon. Au moment de passer le seuil de cette demeure qu'elle ne devait plus revoir et où elle laissait la meilleure partie d'elle-même, le cœur lui manquait. Un moment elle eut la pensée de tenter une dernière épreuve, d'aller se jeter aux pieds de Gaspard, de lui avouer où elle en était réduite; peut-être il aurait pitié ! Elle ne mourrait point; ils partiraient tous trois avec Gaspard, loin, bien loin de cet infâme qui voulait la déshonorer devant lui. La crainte d'être repoussée, ce je ne sais quoi de fatal qui, dans les grandes circonstances, scelle quelquefois sur les lèvres de l'homme la parole du salut, retint la pauvre femme. Elle partit !

Gaspard alla déposer dans sa chambre le rouleau que la marquise lui avait remis.

En ce moment le demi-cercle lumineux qui teignait de lueurs vermeilles une portion du ciel s'agrandit tout à coup, et le globe du soleil, légèrement voilé par les vapeurs du matin, comme pour ménager à l'homme les éblouissances que son œil ne peut contempler, apparut à l'horizon dans une gloire aux immenses et innombrables pointes d'or.

« O Dieu ! » s'écria Gustave en saluant l'apparition de l'astre, aux rayons duquel les planètes suspendues pompent la lumière et la chaleur, l'abondance et la fécondité, cette éternité des êtres

mortels, « ô Dieu ! quel spectacle doit être ta vue,
si celle d'un de tes agents me plonge dans un tel
ravissement. Oh ! croire fermement en toi, en ta
justice, en ta clémence, voilà le grand remède aux
maux de la vie, le remède que je n'ai pas cherché,
dont je n'ai pas même voulu reconnaître l'existence, parce qu'une idole de chair s'était mise entre
ton image et mon cœur, parce que je t'adorais dans
une seule créature, au lieu de t'adorer dans l'infini.
Père ! père ! pardonne-moi cette idolâtrie, si cruelle-
ment expiée, et fais-moi connaître une de tes joies,
celle de la clémence ! »

Il s'agenouilla et répéta le *Pater*. Quand il en fut
à ces paroles : *Pardonnez-nous nos offenses comme
nous les pardonnons à ceux qui nous ont offensés*,
son cœur éclata, et des larmes, des larmes d'une
douceur ineffable montèrent à ses yeux. Il pleura !
Il n'avait pas pleuré depuis seize ans.

Il se releva, Valentine était absoute, et la raison,
ce guide de la force matérielle de l'homme, et la
foi, ce vague flambeau de sa force morale étaient
rallumés dans le cerveau et dans l'âme du marquis.

Il appela Gaspard :

— Je veux me raser, lui dit-il, je veux me vêtir
pour recevoir la marquise ce soir ; va par la ville
me chercher des vêtements à la mode, dis au cui-

sinier de préparer un dîner convenable pour cinq
heures. Tu me regardes d'un air étonné ; je suis
heureux, Gaspard. Je reviens à la vie, je veux que
tout, dans ma maison, se ressente de mon contentement, je veux que tout y prenne un air joyeux, un
air de fête. Cours chez l'abbé, dis-lui que je l'attends. Ma femme est sans doute allée à la Roche-
Brune ; si à trois heures elle n'est pas revenue, je
monterai à cheval, j'irai la chercher. Tu selleras la
jument blanche. Envoie-moi un barbier ; allons,
dépêche-toi.

Le jeune homme, plein de joie, regardait son
père, mais hélas ! (et c'est une des affreuses conséquences de la folie) il se demandait si ce changement subit n'était pas une nouvelle forme de la
démence de M. de Bergonne ? Celui-ci surprit cette
pensée ; il secoua la tête :

— Non, non, lui dit-il, rassures-toi, je suis guéri,
je suis en pleine possession de mes facultés.

A ces mots, une émotion involontaire gagna le
jeune homme ; il se jeta aux pieds du marquis,
saisit sa main et la couvrit de larmes et de baisers.

M. de Bergonne, surpris de ce mouvement ex-
traordinaire, releva Gaspard :

— Pourquoi pleures-tu ainsi, es-tu donc malheureux, lui demanda-t-il, ou bien ma guérison t'émo-
tionne-t-elle à ce point ?

— L'un et l'autre, monsieur, je suis partagé entre la joie de vous voir entièrement rétabli et la douleur de ne pas être reconnu de mon père qui, affligé du même mal que vous...

— Ton père? Quel est-il?

— Un digne homme, qu'une erreur que j'ignore empêche d'entendre la voix du sang.

— Il faut aller te jeter à ses pieds.

— Il me repousserait, peut-être.

« Oh ! pensa le marquis, il n'y a donc personne d'épargné, puisque les poignantes tortures d'un amour trompé s'étendent jusque sur les classes pauvres? voici un enfant séparé de sa mère, privé de ses appuis naturels, parce qu'un autre homme s'est entêté comme moi dans sa souffrance et dans sa haine, au lieu de chercher le remède dans l'oubli. »

Il se mit à considérer le jeune homme :

— Je parlerai à ton père, lui dit-il, j'améliorerai sa position et la tienne; il te recevra, et si sa raison obscurcie lui empêchait de reconnaître la voix du sang, prie et espère : celui qui éteint la lampe peut la rallumer; c'est un homme sage qui me l'a dit.

LE MESSAGE.

Oh ! croyez-moi !
On ne ment pas sur le bord de la tombe.

(SCRIBE, opéra de *la Favorite.*)

Trois heures allaient sonner. Gaspard se souvint
du message dont la marquise l'avait chargé pour
son père. Après avoir sellé la jument du marquis,
aidé Mathieu, qui était revenu de la Roche-Brune,
à dételer ses chevaux, le jeune homme entra dans
la salle où le chevalier et l'abbé Donizon causaient
amicalement avec M. de Bergonne. La joie rayonnait dans les yeux du vieillard ; la figure de Pont-
Estrade avait perdu son habituelle expression
d'ironie ; il semblait ému. Gustave était enfiévré
d'impatience ; néanmoins, il affectait le calme :

— Dans deux heures, je vais être de retour,
disait-il ; faites-moi le plaisir de nous attendre
ici, afin qu'en rentrant dans sa maison, Valentine
y retrouve le complément de tout bonheur vrai :
l'amitié.

Il se leva pour sortir. Gaspard l'arrêta et lui
remit le petit rouleau qu'il avait reçu le matin :
« De la part de madame, dit-il ; il est peut-être
urgent que monsieur, avant d'aller à la Roche-
Brune, prenne connaissance de ceci. »

Le marquis descendit au jardin, s'assit sur un banc et se mit à lire le papier qu'on venait de lui remettre, après s'être préalablement assuré que sa monture était prête.

Voici ce que contenait le rouleau cacheté :

‹ Cher Gustave,

› Laisse-moi, une fois encore, te parler avec la › familiarité que me donnait autrefois ta tendresse. › Écoute, toi qui fus la victime de mon crime, le › juge et le châtiment, écoute ma confession, toi › qui peux seul m'ouvrir le ciel par le pardon e › rendre à mes derniers instants le calme dont on › a besoin, à l'heure solennelle, pour se réconci- › lier avec Dieu. Sache combien j'ai souffert et en- › suite, si tu crois que mes torts envers toi ne › soient pas assez expiés, continue le supplice qu › me broie le cœur depuis seize ans : que ta malé- › diction me suive dans la tombe où je vais des- › cendre !

Gustave se pressa le front ; il sentit les muscles de son visage horriblement agités : je redeviens fou, se dit-il, ou je suis le jouet d'un rêve.

Mathieu passait en ce moment ; il courut à lui et le secouant avec fureur :

— Où est madame ? lui cria-t-il, où l'as-tu lais-

sée? parle, ou je te tue!... Tu ne me réponds pas!
elle est morte!

— Hélas! dit le valet de chambre en lui-même,
voilà son mal qui le reprend.

Il répondit :

— Madame est à la Roche-Brune, où je l'ai laissée avec Nanette.

Le marquis courut à son cheval et voulut se
mettre en selle. Mathieu, pour l'en empêcher, enga-
gea avec lui une lutte corps à corps.

— Tu me crois fou, criait Gustave, laisse-moi;
elle se meurt! je le sais, moi! laisse-moi, au nom
du ciel. Mathieu, je suis ton maître!

Hélas! le combat était trop inégal. Le sentiment
du devoir doublait les forces du digne serviteur.

Aller à la Roche-Brune, passer dans les rues
d'I...-sur-la-C..., pour donner aux gens de cette
ville le spectacle de sa folie, voilà ce que Mathieu
ne pouvait permettre à son maître.

Seize ans de souffrances et de crises effroyables
avaient miné le corps débile du marquis, il n'était
pas de force à se mesurer avec Mathieu, un rude
montagnard aux muscles saillants, sec, nerveux,
encore plein de vigueur, malgré ses cinquante-cinq
ans bien sonnés.

Gustave terrassé, le domestique lui lia les mains

avec son mouchoir. Le cuisinier, qui était au rez-de-chaussée, vint prêter main-forte à son camarade et tous deux emportèrent le malheureux dans sa chambre, l'attachèrent fortement dans son lit au pied duquel Mathieu s'assit tranquillement.

Prières, menaces, larmes, le valet n'écouta rien.

— Pauvre maître ! répondait-il aux plus ardentes supplications de Gustave, pauvre maître ! calmez-vous. Oui, oui, demain vous irez à la Roche-Brune, quand Madame sera revenue.

— Oh ! mon Dieu ! mais je te dis qu'elle ne reviendra pas, je te dis qu'elle se meurt, qu'elle est morte peut-être ! je l'ai lu ! va dans le jardin, tu trouveras le papier qu'elle m'a écrit avant de partir... Si j'y allais maintenant je la sauverais ! oui, je la sauverais !... Tu ne bouges pas, bourreau ! va, tu mourras de ma main ! Ce papier ! donne-moi ce papier ; je veux le relire encore.

— J'y vais, monsieur, j'y vais ; calmez-vous. Si vous me promettiez d'être bien tranquille, j'attèlerai la voiture, et...

— Oui ! oh ! oui ! pourvu que j'y aille ! Fais monter avec moi l'abbé Donizon qui est dans la salle à manger avec le chevalier de Pont-Estrade, tu n'auras pas peur que je m'échappe entre ces deux amis qui te répondront de moi ! Mais va donc ! chaque minute, chaque seconde, c'est une chance que je perds de sauver Valentine !

— Quel délire ! se disait le brave Mathieu ; enfin, je vais toujours lui chercher ce papier, si tant est que papier il y ait. Je ne l'ai jamais vu dans un état pire : Aller s'imaginer que madame va mourir, quand, au contraire, cette pauvre maîtresse semblait presque heureuse ce matin. Cependant on aurait dit qu'elle pressentait ce qui allait arriver, puisqu'elle m'a tant recommandé son mari.[1]

Pendant ce monologue intérieur, Mathieu était arrivé dans le jardin. Près d'un banc, il aperçut le papier :

— Tiens, dit-il, ce n'est pas tout-à-fait une imagination.

Il remonta, délia une main du patient, lui donna l'écrit, referma la porte en assurant le marquis qu'il allait atteler.

Gustave saisit le message d'une main tremblante, et ses yeux se clouèrent sur ce papier maculé de larmes. Il en reprit la lecture où il l'avait laissée.

« J'allais être mère, mais je n'en savais rien
» cela peut arriver (consulte la médecine) ; un fa-
» tal concours de circonstances me fit te trahir !
» une fois, une seule ! je te le jure sur les cendres
» de mes aïeux ! Le remords et la punition suivi-

» rent de près la faute dont, le jour même, je sentis
» toute l'horreur avec les premiers tressaillements
» de la maternité. C'était la nuit du cinquième an-
» niversaire de notre mariage, tu t'en souviens,
» n'est-ce pas et tu me crois, puisque je vais mou-
» rir ! »

De sorte, dit Gustave comme répondant à cette
affirmation, de sorte que, si tout cela n'est pas un
cauchemar, j'ai chassé mon propre enfant de ma
demeure ! je l'ai laissé mourir loin de sa mère ! Il
n'aura manqué aucun fiel à ma coupe.

Lisons ! lisons toujours.

» Le remords m'arracha l'aveu de mon crime,
» sans m'en faire préciser l'époque. Si tu avais
» voulu m'écouter, je t'aurais bien prouvé que
» l'enfant était à toi : on doit croire celle qui s'ac-
» cuse, mais tu ne voulus pas m'écouter !

» Quand, écrasée par ta malédiction, je tombais à
» tes pieds, je me sentais mourir et j'en étais con-
» tente : il me semblait que la mort allait m'ab-
» soudre. Ce fut donc avec une douloureuse sur-
» prise que je revis le jour dans ma chambre de
» jeune fille. Mon père et ma vieille gouvernante
» étaient penchés sur mon lit; leurs larmes—perles
» précieuses du cœur—tombaient sur moi comme
» le baptême du pardon.

» Leur clémence me faisait mal, je les aurais

» voulu terribles comme mes remords, et je t'ap-
» pelai pour m'entendre maudire ! Mais tu étais
» parti, et personne ne savait où tu cachais ta
» douleur.

» Je fus quelques mois entre la vie et la mort.
« Pendant ce temps, pour sauver les apparences,
» mon père fit courir le bruit que nous étions par-
» tis, toi et moi, pour l'Allemagne.

» Ma convalescence fut longue et douloureuse ;
» je la passai dans la plus profonde solitude, n'o-
» sant appeler Lucy et attendant avec angoisse la
» venue de cet enfant, qui devait être un gage de
» bonheur, un autre lien entre nous, et qui n'était
» plus, hélas ! qu'un motif de séparation ! Tu le
» croyais, du moins !

» Quelle différence avec ma vie passée ! au lieu
» de l'animation et des bruits joyeux du travail que
» j'entendais à Saint-Bernard, au lieu de ces voix
» sympathiques qui passaient sous nos fenêtres en
» nous bénissant, je n'entendais plus que les pleurs
» étouffés de ma vieille gouvernante ou le majes-
» tueux silence des champs, dont le calme solen-
» nel contrastait si affreusement avec la tourmente
» de mon âme flétrie.

» Mon père passait des journées entières sans
» parler, sans bouger de place, comme accablé

» sous la honte que je jetais à son blason ! à ses
» cheveux blancs.

» Plus de douces paroles, plus de riants projets
» d'avenir, plus de généreuses pensées, plus de
» saints enthousiasmes. Autour de moi tout était
» désolé comme moi-même.

» Mes remords se doublaient des regrets de t'a-
» voir méconnu. Quand je te vis perdu pour moi,
» tu m'apparus tel que tu étais réellement
» une grande âme, un cœur généreux et sensible ;
» je compris seulement alors ce que tu valais.
» Alors, je t'aimais, Gustave, comme j'aurais dû
» t'aimer toujours. »

Le marquis poussa une sorte de rugissement :

— Il ne me manquait plus que cela ! elle m'aimait, dit-il ; allons, me voilà satisfait ! elle m'aimait... Continuons... puisque je ne puis rompre
mes liens ! Oh ! être attaché !!!!

Il reprit sa lecture :

« Et lorsque je venais à considérer ce que j'avais
» jeté dans le sépulcre de notre bonheur, je me
» serais donné la mort, si je n'avais pas dû vivre
» pour notre enfant et aussi pour l'expiation. La
» nuit, parfois, je me levais, affolée de larmes, je
» courais dans la partie inhabitée du château, je
» t'appelais de toutes les puissances de mon être ;
» et, devant ton image, toujours présente à ma

» pensée, je m'agenouillais mille fois pour te de-
» mander grâce.

» Ce fut dans ces dispositions que je reçus de
» Mathieu la lettre qui m'annonçait ta maladie.
» Sans prendre conseil de mon père, craignant
» qu'il ne s'opposât à mon départ, je partis pour
» Venise, où je te trouvai mourant.

« Je te soignai de mon mieux, passant les nuits
» à ton chevet, épiant tes moindres désirs, recueil-
» lant tes moindres paroles. Tu ne t'en souviens
» pas ; tu étais dans le délire, tu avais oublié mon
» offense, tu me prodiguais les trésors de ta ten-
» dresse ! Un instant, j'entrevis le pardon ! C'était
» un songe ! Tu sais ce que fut le réveil ? Revenu
» à toi, tu te souvins et tu me maudis ! tu te sou-
» vins, et tu me chassas !

» Je m'en allais par la ville, par cette ville étran-
» gère où je ne connaissais personne ; je m'assis
» au bord de la mer, dont les vagues battaient la
» rive, et, le regard perdu dans la mystérieuse
» immensité du flot, j'enviais pour mon enfant et
» pour moi le suaire que tant de malheureux sont
» venus chercher dans ses plis mouvants. Hélas !
» je ne pouvais, je ne devais pas mourir en une
» fois : pour expier, il fallait vivre dans cette ago-
» nie de l'âme que l'on appelle le remords.

» Ce fut là qu'au matin, après une nuit d'an-
» goisses et de souffrances sans nom, Mathieu me
» trouva. Il m'emmena dans un hôtel, où notre
» fils vint au monde.

» Pauvre enfant ! le premier baptême qu'il reçut
» en entrant dans la vie fut celui des larmes de sa
» mère ! Je le pris dans mes bras, je le serrai sur
» mon cœur, et je t'appelai ; je t'appelai à grands
» cris, pour te dire que c'était ton fils ! Oh ! si tu
» étais venu en ce moment, tu aurais bien vu que
» je ne mentais pas ; tu m'aurais crue, et sans me
» pardonner, tu aurais pu reconnaître ton enfant. »

Le marquis cacha sa tête dans ses mains :

— Mon enfant ! mon enfant ! cria-t-il, je ne l'ai
jamais embrassé : l'aveugle instinct de la colère et
de la haine ont étouffé la voix du sang. La malédiction retombe sur celui qui la donne : je suis maudit ! J'ai chassé mon fils ! Je l'ai envoyé mourir
loin de sa mère ! Oh ! c'est affreux ! Valentine !
Valentine !

Il se remit à lire :

« Oui, je le reconnais, j'ai détruit ton bonheur,
» ta foi ! J'ai arraché à ton âme l'aile qui la por-
» tait, au-dessus des intérêts vulgaires, dans les
» régions de l'avenir ! je t'ai empêché d'être grand,
» d'être un des bienfaiteurs de l'humanité, mais

» aussi j'ai bien souffert : tout le bien que tu n'as
» pas fait est retombé en cascade de fiel sur mon
» cœur ! Le souvenir des gens de Saint-Bernard
» est devenu le supplice de mes rêves ; mes yeux
» se sont éteints dans les larmes ! Et puis, cet en-
» fant... tant désiré... tant attendu... autrefois...
» cet enfant, pour l'éducation duquel nous avions
» fait tant de projets, ce petit Émile dont je devais
» être la nourrice et toi l'instituteur ! j'ai dû le
» confier à des mains étrangères ! J'ai dû l'éloigner
» du toit parternel.

» Les hommes, vois-tu, ne savent pas assez ce
» qu'un enfant est à sa mère et par combien de
» fibres il nous tient au cœur ! s'ils le savaient,
» quelque coupables que nous fussions, ils ne nous
» condamneraient pas à vivre sans ces petits êtres
» qui nous sont plus chers que nous-mêmes. Mon
» fils, à moi, c'était toi, ignorant ma faute, m'ai-
» mant sans me juger ; c'était mes ancêtres et
» les tiens, deux grandes races confondues et re-
» produites dans ce petit être blanc et rose que
» je berçais sur mon sein et qui passait ses petits
» bras autour de mon cou !

» Cet enfant, que j'avais apporté d'Italie à la
» Roche-Brune et dont l'amour m'était comme un
» pardon du ciel, je dus m'en séparer ! Sa vue te

» faisait mal ! Ce fut là un grand sacrifice ! Qu'il
» me soit compté aujourd'hui.

» Quand, après la mort de mon père, le specta-
» cle de la nature te fut devenu insupportable, je
» te suivis dans la maison d'I...-sur-la-C..., et là,
» prisonnière volontaire, je dérobais au monde le
» spectacle de ta folie, je me fis ta gardienne, ton
» souffre-douleur. Je m'exposais à ta rage pendant
» les crises dont les intervalles étaient encore pour
» moi des stations de calvaire. Gustave ! j'ai bien
» souffert. Je l'ai mérité, c'est vrai, aussi n'est-ce
» pas pour moi que je réclame le bénéfice de mes
» douleurs ! Gustave, notre fils n'est pas mort,
» comme je l'avais dit pour pouvoir le reprendre
» auprès de moi sans exciter tes soupçons. Ce fils,
» je l'ai élevé moi-même, j'ai donné à son édu-
» cation tous les instants que j'ai pu te dérober. Il
» est digne de toi, il te consolera du crime de sa
» mère ! Il croit que la folie seule t'a empêché jus-
» qu'à ce jour de le reconnaître. Il t'aime, il te
» vénère ! C'est Gaspard : tu l'as deviné, n'est-ce
» pas ? Dis un mot, et il tombe à tes pieds; dis un
» mot, et je meurs en te bénissant. Gustave, il y a
» dans la clémence des joies que ton cœur est fait
» pour comprendre. Mais cette clémence que je
» sollicite n'est, d'ailleurs, que justice. Je ne de-
» mande rien pour l'épouse coupable, mais dans

» son enfant, pardonne à la mère qui, sur le bord
» de sa fosse, se traîne à tes genoux.

» Je vais mourir parce que, vois-tu, il fallait
» une victime à la justice de Dieu. La main de
» Madozet, qui me force au suicide, n'est que le
» fouet avec lequel elle a voulu me frapper. Je
» veux que cet homme, qui prétendait me désho-
» norer aux yeux de mon fils et auquel j'ai donné
» rendez-vous pour huit heures à la Roche-Brune,
» me trouve dans mon suaire, qu'il me voie morte
» et qu'il se repente. Ma volonté expresse est que
» tu lui pardonnes et que Gaspard ignore à jamais
» que quelqu'un a pu insulter sa mère !

» Adieu, Gustave, je te connais, tu ne garderas
» pas de haine contre une morte ; déjà tu me par-
» donnes, peut-être même tu me pleures. Ami,
» console-toi, je ne pouvais plus vivre ! Tout est
» pour le mieux. Si tu sens s'éveiller un reste de
» cette tendresse que j'ai méconnue et dont, plus
» tard, j'eusse été si heureuse ; si tu tiens à conso-
» ler mon ombre, efface les conséquences de ma
» faute : rachète à tout prix Saint-Bernard, re-
» prends avec ton fils l'œuvre interrompue, et que
» ma cendre, dans la fosse commune de notre cher
» village, dorme près de vous, bercée par les har-
» monies du travail ! Que le pardon me ramène

> morte et absoute là où je devais vivre dans la
> joie du devoir accompli.

> Adieu encore, Gustave, vis pour ton fils ! Je
> t'aimais ! Je meurs en te bénissant.

> VALENTINE. »

Comme il achevait cette lecture, l'abbé, le chevalier, Gaspard et Mathieu entrèrent dans la chambre.

— Mon fils ! cria le marquis en tendant vers le
jeune homme la seule main qu'il avait de libre,
mon fils !...

L'enfant se jeta sur lui et l'étreignit de toutes ses
forces.

— Mon fils ! répéta le marquis d'une voix entre-
coupée, ta mère !... Qu'on me délie !... Mathieu,
obéissez à mon fils, mon fils est aussi le maître ici !
Gaspard, ordonne qu'on me délie !... Courons à
Saint-Bernard ; ta mère va mourir !... Nous la
sauverons !... Je ne veux pas qu'elle meure, moi !
Valentine ! Qu'on me délie ! qu'on me délie !...

— Que dit-il ? crièrent en même temps l'abbé et
le chevalier, tandis que Gaspard, frappé des accents
de son père, essayait de rompre les liens.

— C'est une crise, répondit tranquillement Mathieu ; tout cela est dans sa pauvre tête.

Le marquis saisit convulsivement le papier tombé sur les couvertures :

— Vous connaissez l'écriture de Valentine, vous, tenez, lisez la fin, dit-il au chevalier en lui montrant la funèbre missive dont il répéta le dernier paragraphe : « Adieu encore, Gustave, vis pour ton » fils ! Je t'aimais ! Je meurs en te bénissant. »

Gaspard poussa un cri terrible, et, avec ses dents, acheva d'arracher les liens qui retenaient son père.

CHAPITRE XIX.

LE RENDEZ-VOUS !

Huit heures sonnaient au château de la Roche-Brune ; une voiture s'arrêta devant la porte. Madozet, leste et pimpant, en descendit. Il agita la lourde cloche dont le cordon de fer pendait au dehors. Jean-Louis, tenant à la main une chandelle dont la lumière éclairait en plein sa figure bronzée, apparut derrière la grille :

—Est-ce vous, monsieur Madozet ? demanda-t-il d'une voix grave et triste.

— C'est moi, mon ami, répondit l'autre, charmé de se voir attendu. Madame est chez elle ?

— Oui, jusqu'à demain ! Suivez-moi !

Madozet voulait faire entrer sa voiture dans la cour d'honneur :

-- C'est inutile, dit brusquement Jean-Louis.

Et, pour couper court aux réclamations et aux raisonnements du parvenu, il donna un tour à la serrure, en mit la grosse clé dans sa poche, marcha devant le visiteur sans ajouter un mot, traversa lentement les corridors, monta l'escalier, et s'arrêta devant l'appartement de la marquise.

Un profond silence régnait au vieux castel et rendait plus lugubres les plaintes du vent d'automne sifflant dans les hautes cheminées, gémissant au dehors dans les branches flétries des grands marronniers du parc, tourmentant les girouettes qui semblaient crier sur leurs tiges de fer. Quoique les fenêtres des couloirs fussent ouvertes, on sentait une âcre odeur de charbon de bois.

—Enfin, disait le parvenu, j'ai vaincu cette race orgueilleuse : la fille des Roche-Brune, la marquise de Bergonne m'attend, moi, fils de valet, moi, l'ancien régisseur de son cousin Pont-Estrade !

Et, près de son triomphe, il hésitait à en jouir ; la main sur le bouton de la porte, il se délectait dans la prévision de ce qui allait suivre. Jean-Louis le poussa dans la chambre.

Cette chambre, dont de lourds rideaux de tapisserie ancienne drapaient soigneusement les fenêtres pour rendre la nuit plus sombre, était sinistrement éclairée par la flamme de cent cierges allumés autour d'un lit. Dans ce lit, quelque chose de raide soulevait ça et là la couverture blanche et rappelait vaguement le torse d'une femme dont la tête immobile reposait sur un oreiller de batiste. Les mains du cadavre étaient jointes et tenaient un chapelet de perles. Le marquis et Gaspard, un bras passé autour du cou l'un de l'autre, sanglottaient au pied de cette couche. Près d'eux, Nanette, aussi pâle que le cadavre, l'œil fixé sur la morte, était assise dans un fauteuil. Le même coup semblait les avoir frappées toutes deux. L'abbé Donizon, en surplis, en étole, représentant la clémence divine, récitait des oraisons sur le prie-Dieu de la marquise. Maxis, appuyé au piano qu'il avait autrefois donné à Valentine, tenait sa tête dans ses mains.

A l'arrivée de Madozet, personne ne bougea ; tous les regards, tous les cœurs convergeaient vers Valentine dont la mort absorbait toutes les facultés de ceux qui, à des degrés différents, l'avaient tant aimée. Le parvenu se sentit frémir. Et lui aussi l'avait aimée ; mais, au lieu d'une pieuse douleur, il apportait l'insulte à ce cadavre! sa visite était un sacrilége !

— Qu'est-ce que cela signifie, demanda-t-il à voix basse au meunier, debout près de lui, qu'est-ce que cela, grand Dieu !

— Cela, fit Jean-Louis en étendant la main et montrant du doigt Valentine morte, cela ? .. c'est madame de Bergone attendant M. Madozet !

ÉPILOGUE.

COMME ON ÉCRIT L'HISTOIRE.

Un mois après, on lisait dans le journal *le Peuple
du Puy-de-Dôme* :

« La démocratie vient de faire une perte cruelle
» dans la personne de M. Madozet. Ce fervent apô-
» tre, victime de son patriotisme, est mort tué en
» duel par un réactionnaire, M. de Pont-Estrade,
» bien connu pour la violence de ses opinions
» ultramontaines. La mort du citoyen Madozet est
» d'autant plus regrettable, que la tentative de
» socialisme faite par lui sur les bords de l'Allier
» retombe aux mains de la spéculation; de nou-
» veau Saint-Bernard est à son ancien seigneur,
» M. le marquis de Bergonne. Des gens, qui se
» prétendent bien informés, ajoutent même que le
» meurtrier aurait eu l'audace de joindre ses ca-
» pitaux à ceux de son cousin pour l'achat des
» usines de notre malheureux ami. Espérons que
» l'impudence des ennemis de la liberté et du pro-
» grès ne va pas jusqu'à s'emparer des dépouilles
» de leurs victimes.

» La candidature de notre cher martyr sera rem-

» placée par celle de Montavoine, un de ses amis
» les plus chers, héritier de ses principes et de son
» dévouement, un de ces hommes modestes, un de
» ces ouvriers du présent et de l'avenir qui savent
» cacher leurs qualités, mais dont le mérite et les
» vertus républicaines se recommandent au suf-
» frage universel qui doit mettre au grand jour le
» génie populaire. »

Et plus loin, on lisait encore :

« Le lâche P. A..., que tous les partis ont re-
» jeté, obligé de donner sa démission d'expédition-
» naire à la sous-préfecture d'I....-sur-la-C...,
» cassé de ses fonctions de président du club,
» qu'il déshonorait par sa tyrannie, en comprimant
» la libre manifestation de la pensée des citoyens,
» va désormais vivre de son pinceau. Personne ne
» doutera plus de la défection de ce faux-frère,
» quand on saura que c'est chez le chevalier de
» Pont-Estrade, dans une de ses terres de la Tou-
» raine, que M. P. A..., sous prétexte de tableaux
» à restaurer, s'est retiré avec sa femme et sa
» belle-sœur.

» La main tachée de sang paie la trahison !!! »

FIN.

Noisy-le-Sec, 20 décembre 1864.

LA MARGUERITE

A GEORGE SAND.

Merci à vous, cher Maître, qui permettez au disciple inconnu de faire rayonner votre nom sur sa première œuvre.

J. PATY.

LA MARGUERITE

PREMIÈRE PARTIE.

I

LA ROUTE D'ISSOIRE.

Par une de ces belles matinées de printemps où la nature, parsemée d'arbres en fleurs, rappelle les grâces pudiques d'une jeune mariée; par un de ces jours où il fait doux vivre sous le ciel et que Dieu semble avoir pétris de chaleur et d'espérance, deux jeunes gens suivaient à pieds la route de Saint-Babel à Issoire. C'était sans doute un garçon et une fille qui allaient se marier, car, suivant la coutume d'Auvergne, ils se donnaient la main.

L'homme, un de ces grands montagnards, un peu maigre, mais d'une constitution vigoureuse et forte, pouvait avoir vingt-sept ans. Il portait fièrement sa tête, autrefois blonde, que le soleil d'Afrique avait couverte de fauves reflets. A sa démarche, à sa peau bronzée, au ruban rouge qui ennoblissait sa veste de bure blanche, on devinait le soldat. Son nez carré, un peu fort, ainsi que son front proéminent, annonçait une grande énergie. Peut-être même le physiognomoniste y eût-il vu le signe certain d'une ténacité, d'un entêtement capables de l'alarmer sur le sort de la fiancée, si deux beaux yeux bleus, une bonne grande bouche, n'avaient promis tout autre chose.

La jeune fille était de taille moyenne, mais bien prise ; sa figure fraîche comme une rose de mai, resplendissait en ce moment de bonheur et d'espérance. Elle ne cherchait point à cacher sa joie à celui qui la causait ; c'était une âme simple et franche, incapable des petits calculs d'une coquetterie vulgaire. Elle était belle et n'avait pas l'air de le savoir, ou du moins elle comptait sa beauté pour peu de chose, car elle eût épousé un prince du sang qu'elle n'eût pas semblé plus reconnaissante.

On l'appelait la Marguerite. Elle avait vingt-quatre ans, de grands yeux noirs bien fendus, frangés de longs cils qui projetaient sur le haut de ses pommettes roses une ombre pleine de modestie. Son nez, d'un modèle antique, sa bouche ferme, garnie des plus jolies dents, rappelaient la race gauloise, dont le type s'est particulièrement conservé dans les hautes montagnes d'Auvergne. Avec cela, elle était douce et sage, laborieuse et propre comme une chatte, ce qui n'est pas une qualité commune à toutes les filles du Puy-de-Dôme.

Ce jour-là, la Marguerite avait mis ses longues pandeloques d'or, son bonnet de tulle illusion, dont l'étroite passe disparaissait sous un large ruban bleu. Les bouts flottants de ce ruban descendaient sur des tuyaux de dentelles qui allaient en s'allongeant du front derrière le cou, où cette garniture était séparée par un chignon de grosses tresses roulées en couronnes. Comme au jour des fêtes carillonnées elle avait pris son camail et son tablier de soie noire, sa robe fond blanc, ses escarpins de veau de Lyon. La brise du matin jouait avec les barbes légères de sa coiffure, qu'elle soulevait, découvrant à chaque instant les petits bandeaux noirs soigneusement lissés sur le front blanc de la jeune fille.

Qui l'eût vue rayonnante et parée, marchant côte à côte avec son promis, ne se fût certes pas douté par combien d'angoisses elle avait acheté son bonheur. Hélas! aux champs comme à la ville, cela ne se donne pas pour rien, et la Marguerite avait payé le sien au poids de l'or.

Orpheline dès le bas–âge, une sœur aînée et une vieille grand'mère, en réunissant leurs deux pauvres forces, sans autre ressource que celle de leurs bras et surtout de leurs bons cœurs, étaient parvenues à lui donner du pain.

La chaumière de la vieille Nanon (c'était le nom de la grand'mère) touchait au moulin de la Roche-Brune, dont le meunier et la meunière, autant qu'il était en eux, assistaient le pauvre ménage en lui procurant du travail. C'était pour eux que la sœur de la Marguerite, la Myette, lavait le blé niellé, faisait la lessive, travaillait aux champs, fanait, moissonnait, glanait, vendangeait, suivant la saison. Toujours le sourire aux lèvres, cette bonne fille était la joie du foyer : qu'il fît chaud ou froid, qu'il ventât ou plût, elle chantait et riait. Pourvu que la petite et la Mémée ne manquassent de rien, jamais la brave créature ne songeait à elle. Tous les ans, au moment de la fête, il fallait que la grand' mère se fâchât pour l'obliger à acheter une robe neuve.

De bonne heure, la Marguerite avait compris toute la sainteté de ce dévouement fraternel. Aussi avec quelle obéissance exécutait-elle les moindres ordres de sa sœur, avec quel empressement, quelle ardeur essayait-elle de l'aider dans ses rudes travaux : quand la Myette était au moulin, elle ne la quittait pas, lui tendait les pièces de linge qu'elle avait à rincer, retournait au soleil le blé qu'elle avait mis à sécher ; enfin, lui rendant ainsi qu'à la meunière tous les petits services imaginables.

Elle s'habitua si bien au travail, que lorsque la grand'mère devint infirme, elle prit naturellement sa place. Et plus tard, ayant appris à repasser, elle fut en état non-seulement de subvenir à ses propres besoins, mais encore à ceux de la vieille Mémée.

La Myette alors, sentant son dévouement superflu, se maria à un garçon meunier qui l'aimait depuis longtemps. Il s'appelait Jacques Durant. C'était un brave jeune homme, qui n'avait qu'un seul défaut : il était un peu ambitieux. Comme il arrive à la plupart des domestiques, la position de ses maîtres avait excité son envie, et les extrêmes limites du bonheur lui semblaient être la possession d'un moulin. C'était son rêve insensé (chacun a le sien) ; il cherchait sans cesse les moyens de le convertir en réalité. Il avait maintes fois entendu dire qu'à Paris l'argent vient comme l'eau à la rivière à celui qui a de l'intelligence et du bon vouloir. Jacques se savait amplement pourvu de la seconde de ces choses; quant à la première, ma foi ! comme beaucoup d'autres, il croyait en avoir sa bonne part. D'après ses calculs, dans dix ans il devait, en partant bientôt , pouvoir revenir riche au pays et avoir encore de longs jours pour profiter de la possession de son moulin. Sa femme, si vaillante et si douce, ne devait pas peu contribuer à ce résultat. La Myette, confiante en la Providence, fut longtemps contraire aux projets de son mari; elle avait coutume de dire : « A quoi ça sert de tant se tourmenter pour mieux être dans un temps que nous ne sommes pas sûrs de voir? nous aurons bien du pain jusqu'à la mort. A Saint-Babel, tout le monde nous connaît et nous aime, tout le monde viendrait à notre secours s'il nous arrivait malheur, tandis que là-bas, où l'on dit qu'il y a tant de monde, personne ne fera attention à nous. Tu sais bien, Jacques, ajoutait-elle, que je te suivrai partout où tu voudras; mais je trouve que c'est tenter Dieu quand on est bien que de lui demander autre chose. Et puis, vois-tu, je serais si affligée s'il me fallait quitter ma sœur et ma grand'mère.

» — Tu ne voudrais donc pas être riche, toi? » lui demandait Jacques. Et la Myette lui répondait : « Je me contente d'être heureuse. Voyons, l'homme, qu'est-ce qui nous manque : tu gagnes cinquante écus par an chez Allard, qui t'a toujours traité

comme son enfant plutôt que comme son domestique, tu es bien nourri : tu manges avec ton maître
du pain de froment, du lard frais, de la soupe aux
choux, des fruits, des œufs toute la semaine, et le
dimanche vous avez la viande de boucherie à discrétion. Je t'ai filé pendant l'hiver une belle pièce
de bure blanche comme la neige et douce comme
du coton pour te faire une paire de beaux habits;
tu as des chemises plein l'armoire ; tu n'es pas en
peine de mes vivres ni de mes vêtements, puisque
je gagne dix sous par jour quand je vais en journée, ce qui m'arrive les trois quarts et demi du
temps. Nous n'avons que pour 15 francs de loyer
par an ; nous faisons bien au-delà de nos dépenses.
Nos voisins ne mangeraient rien de rare sans le
partager avec nous. Ah ! que peux-tu souhaiter de
plus ?

» — Je te l'ai dit, je voudrais avoir un moulin à
moi ; tentons le sort pendant que nous sommes
jeunes.

» — Tenter le sort, c'est tenter Dieu ; avec ton
moulin tu ne seras pas plus grand, tu ne dîneras
pas deux fois le jour ; comme à présent, tu ne
pourras mettre qu'une veste après l'autre, et tu
auras peut-être plus de soucis. Comme dit notre
cousine la Myon-Bussière : Il n'y a pas de plus
grande richesse que de savoir se contenter de ce

que l'on a. Ceux-là sont vraiment riches qui, sur leurs revenus ou leurs gages, en ont de reste au bout de l'année. Suivant qu'ils savent régler leurs affaires, il y a des riches pauvres et des pauvres riches. Nous sommes des pauvres riches, faut pas envier autre chose. Nous avons la jeunesse et la santé, nous nous aimons bien ; c'est être ingrat envers le Père de là-haut que de désirer plus qu'il ne donne.

» — Le Père de là-haut ne défend pas de chercher à améliorer sa position. » La Myette ne répondait rien, car elle pensait en elle-même que les meilleures raisons ne convainquent jamais ceux qui ne veulent pas les entendre.

A force d'instances, Jacques finit par décider sa femme.

Quand la Myette s'en alla, ce fut un triste jour ! La Marguerite en pensa mourir de chagrin. Quant à la vieille Nanon, elle dit à son gendre en le quittant : « Tu emmènes toute la joie de la maison ; que notre bonheur te profite. » Et, depuis ce jour, on ne la vit plus jamais sourire, que lorsque le facteur rural apportait de loin en loin quelque lettre de Paris.

Le meunier, la meunière et surtout leur fils Jean-Louis Allard, se montrèrent longtemps bons voisins pour les pauvres femmes, mais ils étaient

riches, et un jour le père et la mère s'effrayèrent
de la beauté de la Marguerite et de voir l'unique
héritier de leur moulin ne jamais manquer une
occasion d'aller chez la vieille Mémée. Il y emportait son écuelle de soupe pour la manger près de la
belle repasseuse. Sous un prétexte ou sous un
autre, il y était toujours lorsque sa présence n'é-
tait pas indispensable à la maison paternelle.

En conséquence, ils défendirent à Jean-Louis de
retourner chez la Marguerite, et eux-mêmes n'y
remirent plus jamais les pieds. Ah ! combien elle
pleura, la pauvre fille, combien elle pleura de cette
défense qui lui permit de mesurer la force de son
attachement pour le jeune meunier et lui révéla, en
même temps que son amour, la puissance d'une
barrière d'argent. Jusqu'alors elle avait vécu dans
sa pauvreté relative, se croyant naïvement l'égale
de tous les paysans de Saint-Babel ; et, voilà que
la seule prévision d'une amitié commune entre elle
et un plus riche, lui enlevait jusqu'à la bienveillance de ceux qu'elle avait toujours regardés
comme ses protecteurs et ses meilleurs amis. Ce
coup lui fut bien sensible, mais elle dévora ses
larmes en secret, cacha soigneusement son chagrin et chercha, dans la religion, des consolations à
sa peine, dont la bonne Vierge seule connut toute
l'étendue.

Le jeune meunier, comme la Marguerite, aimait
sans s'en douter ; longtemps encore il serait venu
chez elle sans lui dire un mot d'amour : il lui apportait bien des nids d'oiseaux, des fleurs et parfois
des rubans quand il revenait de la foire ; il allait
aussi pour elle puiser de l'eau à la fontaine et faisait claquer son fouet plus fort quand il passait
devant ses fenêtres ; mais dans tout cela il n'avait
jamais songé à mal. Les attentions qu'il avait eues
pour la Mémée étaient également en toute innocence. Aussi, quand ses parents lui défendirent de
penser à la Marguerite, il répondit qu'il n'y avait
jamais pensé ; quand on lui intima l'ordre de ne
plus la revoir, il ne répondit rien et demeura son-
geur. Peu à peu il devint triste, lui, autrefois si
jovial et que l'on voyait toujours le sourire et la
chanson aux lèvres, oublia les gais refrains et
se mit à fuir la compagnie des autres garçons.
Devant chez la Mémée, il faisait courir ses chevaux
à bride abattue ; plus de joyeux clic-clac pendant
lequel on échangeait un doux sourire. Quand la
jeune fille le voyait passer, elle se penchait vivement sur son ouvrage. La vieille paralytique ne
perdait aucune de ces tristes nuances.

« C'est bien, » disait-elle, quand Jean-Louis était
loin, « c'est bien, on ne dira pas que tu l'encou-
rages et que nous rendons le mal pour le bien :

quoique les Allard soient choqués avec nous, je me
rappellerai toujours qu'ils m'ont aidée quand tu
étais petite et que, bien souvent, sans en avoir besoin, ils ont donné de l'ouvrage à ta sœur. C'est
des braves gens ; ils n'ont que le défaut d'être trop
riches.

» — Si vous vous portiez mieux, Mémée, répondait la Marguerite, les yeux pleins de larmes
qu'elle s'efforçait de retenir, nous nous en irions
à Issoire : on dit que je travaille assez bien, même
pour les gens de la ville ; de cette manière, si vous
le vouliez, les Allard seraient rassurés et Jean-
Louis ne penserait plus à moi.

» — Qu'est-ce que tu dis, Marguerite, reprenait
la grand'mère, à mon âge quitter Saint-Babel,
quitter cette maison où ta pauvre mère est née, où
elle est morte ? passer l'eau, aller dans un pays où
personne ne nous connaît ? Autant vaudrait aller à
Paris.

» — Et pourquoi n'irions-nous pas près de ma
sœur ?

» — Parce que notre présence ferait peut-être
des querelles dans son ménage, où son mari nous
regarderait comme une charge. D'ailleurs, il s'est
habitué à avoir sa femme pour lui tout seul ; il lui
serait pénible maintenant de partager avec d'autres

l'affection de la Myette. Restons ici ; quand je serai morte, tu iras où tu voudras. »

II

L'ÉGLANTIER DE NAVES.

En Auvergne, et dans les villages surtout où les mœurs des grandes villes n'ont point porté leur action dissolvante, tous les membres d'une famille sont étroitement unis sous l'autorité paternelle, pour laquelle, comme pour l'âge, il existe un grand respect. Un vieillard y est toujours un être vénéré quel que soit le rang qu'il occupe ; un père est toujours un monarque absolu dans sa maison. Aussi, est-ce un grand scandale, une sorte de déshonneur pour le fils qui vient à se marier sans le consentement libre de ses parents, lors même que ceux-ci se sont montrés injustes à son égard, lors même que leurs refus ne sont motivés que par leurs caprices ou des intérêts mal entendus.

Là, comme ailleurs, le père et la mère n'entendent pas toujours le bonheur de la même manière que leur fils : le cœur refroidi de l'homme mûr compte pour peu de chose les satisfactions de l'âme. Les jouissances matérielles que l'or procure,

sont, à ses yeux, les seules désirables. Il ne se
souvient plus des aspirations de sa belle jeunesse ;
il est toujours étonné que son fils n'ait pas les
mêmes goûts que, lui et, pour lui plaire, il faudrait
que le fruit de l'automne ne passât point par la
fleur du printemps. L'humanité est partout la même,
là où Dieu a mis la plus grâcieuse variété, elle
taillerait tout sur son monotone patron.

Aussi, et par suite du respect filial, que de charmantes pages d'amour, commencées sous la feuillée
du village d'Auvergne, restent blanches au verso !
Les choses n'en vont pas plus mal qu'autre part :
les mariages de raison y finissent souvent par où
commencent les autres. Il n'y a ni bien, ni mal
absolu : la jeunesse est un mois de juin ; les jours
de tonnerre y sont aussi nombreux que les beaux
jours. L'orage renverse bien souvent les roses de
cette belle saison de la vie, mais tout cela est pas-
sager. L'épreuve imposée par la prudence paternelle, outre sa moralité, a ceci de juste qu'elle fait
connaître le degré d'affection de ceux que sépare
les empêchements de la famille ; le véritable attachement résiste au temps et aux difficultés qui
rompent les liens ordinaires.

Le jeune meunier était seul d'enfant, et il ne lui
était pas venu à la pensée d'affliger ses parents par
une désobéissance ouverte, encore moins de pro-

fiter des tolérances de la loi; mais, sans s'en rendre
compte, il avait foi en l'avenir. D'ailleurs, une
femme dans laquelle il avait une confiance absolue,
la Myon-Bussière, lui avait dit : « Dieu et le temps
font bien des choses, espère et sache attendre. »

Il espéra, il attendit, et, dans cette attente, dans
cet espoir, des mois, beaucoup de mois se passèrent. Jean-Louis avait fait provision de patience;
mais, comme tout ce qui tient à l'homme, cela
s'use par l'usage. Au bout d'un an, Jean-Louis
étant à bout de la sienne, alla résolument trouver
son père et sa mère et leur dit : « Je n'aimais pas
la Marguerite quand vous m'avez défendu de lui
parler; je ne songeais pas à en faire ma femme;
mais à présent, c'est autre chose : je l'aime, et je
vous demande la permission de l'épouser si elle
veut de moi.

— Si elle veut de toi! ripostèrent les parents
scandalisés, si elle veut de toi; y songes-tu, Jean-
Louis? la fermière de Chambon te donnerait sa
fille avec mille écus comptants et vingt cartonnées
de terre; tu ne feras pas la folie de refuser un parti
semblable pour une petite sans-le-sou comme la
Marguerite. » Le jeune meunier se récria. « Nous
ne disons point, poursuivirent les parents, que ce
n'est pas une brave fille, une bonne ouvrière; mais,
vois-tu, nous mourrons de chagrin le jour où tu

feras la chose de l'épouser : nous ne disons que ça;
maintenant, fais à ta tête. »

Jean-Louis s'était préparé pour la lutte : la mo-
dération de ses parents l'accabla; il se retira la
mort dans l'âme, et, pendant plusieurs jours, de
sombres pensées l'agitèrent. Il aurait voulu parler
à la Marguerite; mais, outre que celle-ci fuyait
toutes les occasions qui auraient pu les mettre en
présence, il redoutait de mécontenter son père.
Pourtant, un soir qu'elle revenait de journée dans
un village voisin et que Jean-Louis arrivait d'Issoire, laissant son cheval aller au pas, les amoureux se rencontrèrent. Le jeune meunier descendit
vivement de sa charrette et se mit à suivre la Marguerite tremblante qui, elle, marchait le plus vite
qu'elle pouvait : « Ecoute-moi, » lui disait-il,
« écoute-moi, pauvre mie, et ne me fais pas supporter l'injustice de mes parents. Tu sais bien que
je t'aime de tout mon cœur et que jamais femme
autre que toi ne me sera rien, je te le jure ! Mais il
faut me promettre de m'attendre au moins sept ans ;
voici le tirage, si je *tombe au sort*, je partirai; mon
père perdra en moi un bon domestique, il voudra
me racheter quand il verra combien j'étais utile au
moulin; mais, moi, je n'y consentirai qu'avec la
permission de nous marier ensemble; dis donc,
trouves-tu que ça ira? »

Pour toute réponse, la Marguerite se retourna et donna sa main à Jean-Louis, qui la serra et remonta dans sa voiture sans attendre d'autres protestations, priant Dieu dans son âme de lui envoyer un mauvais numéro.

Les choses se passèrent ainsi que l'avait espéré le jeune meunier ; mais ce ne fut qu'au bout de sept ans, et lorsqu'il menaçait de se réengager, que ses parents, vaincus par tant de constance, consentirent enfin à son mariage avec la Marguerite.

Ils ne savaient écrire ni l'un ni l'autre, et, par conséquent, n'avaient pu, pendant cette longue absence, se donner de leurs nouvelles réciproques. Une seule fois, ils s'étaient revus lorsque Jean-Louis était venu en convalescence après la bataille où il avait gagné sa croix d'honneur. Ce sont eux que nous avons trouvés sur la route d'Issoire, où suivant l'usage, ils allaient porter les dragées que chaque couple futur est obligé de donner aux familles parentes ou amies.

Le chemin qu'ils suivaient était tracé dans un ravin profond dont les noyers centenaires ombrageaient les deux bords, sous l'un desquels serpentait un petit torrent mêlant son murmure à la

brise du matin et se confondant avec le chant des
oiseaux.

Les deux fiancés marchaient silencieux, échangeant de temps en temps un sourire plein de tendresse. Devant le hameau de Naves ils aperçurent
une croix, Jean-Louis souleva son chapeau de
feutre; la jeune fille se signa. « Vous avez toujours
eu confiance en Dieu? dit-elle, et vous avez bien
fait; vous voyez qu'il nous bénit et nous promet
d'heureux jours.

— Sapristi! répondit le meunier, ça a été long
et j'avais bien peur de te trouver mariée!

— Oh! que non pas, fit-elle avec un fin regard,
vous étiez bien sûr du contraire.

— Oui! oui! va, petite sorcière, je croyais en
toi comme on croit en Dieu; pourtant, tu ne m'en
avais pas dit long! Tiens, nous voici justement à
l'endroit où tu m'as donné la main. T'en souviens-
tu?

— Si je m'en souviens! Quand vous descendites
de la charrette, j'étais contre ce gros buisson, et
comme aujourd'hui, il était couvert de roses-folles!
seulement, c'était le soir, la nuit venait, et vous
alliez me quitter pour bien longtemps, tandis que
maintenant!...

— Maintenant, c'est le matin; le jour vient, et

nous le passerons ensemble; puis demain nous ne nous quitterons plus! »

Il fit un gros bouquet d'églantines, en arracha soigneusement les épines avec son couteau, dans le bas de chaque branche, et l'offrit à la Marguerite, radieuse, en lui disant : « A Paris, les filles ont pour se marier des fleurs d'oranger; celles-là seront tes fleurs de noces, à toi. Quand elles seront fanées, nous les mettrons dans la boîte de mes épaulettes de grenadier, avec ma croix d'honneur, ça nous rappellera les bons et les mauvais jours. Sapristi! je crois bien que les mauvais ne reviendront plus; nous avons acheté notre bonheur par assez de peine.

— Oui, répondit la Marguerite ; j'ai assez pleuré en vous attendant; mais je savais bien que la bonne Vierge vous ramènerait, je l'avais tant priée pour cela; aussi quand ma Mémée me disait : « Petite, avant de mourir, je voudrais te voir établie; épouse le forgeron. » Je lui répondais toujours : « Jean-Louis m'a demandé de l'attendre pendant sept ans; il n'y a pas sept ans qu'il est parti. S'il m'avait oubliée, s'il ne voulait plus de moi, ses parents lui achèteraient un homme, et il épouserait celle de Chambon, qui est toujours fille ; » et cette espérance me faisait mépriser ce qu'on disait de moi dans Saint-Babel.

— Et qu'est-ce qu'on pouvait dire de toi ?

— On disait que j'étais folle de prétendre à un aussi riche parti ; que je faisais semblant de vous aimer plus que tout ; mais que, dans le fond, c'était le moulin que j'attendais. »

Elle rougit.

« Est-on bête, interrompit Jean-Louis, est-on bête et méchant dans les villages ; qu'est-ce ça fait un peu de bien de plus ou de moins ? Je voudrais en avoir cent fois autant pour te le donner, et, encore, vois-tu, Marguerite (il lui prit les mains), si les qualités se pouvaient mesurer à l'argent, tu serais bien plus riche que moi. »

Cette bonne parole mit des larmes dans les yeux de la jeune fille.

« J'ai bien des fois, dit-elle, souhaité que vous fussiez pauvre, et, sans vouloir de mal à vos parents, j'aurais désiré voir brûler ce moulin dont ils sont si fiers, ce moulin qui nous séparait ! Puis, je n'avais pas plus tôt pensé ça, que je m'en repentais comme d'une mauvaise action.

— Je le crois bien, pauvre mie, et je te plains, car il fallait que tu fusses bien à plaindre pour souhaiter malheur à quelqu'un.

Ne parlons plus du passé, Marguerite, continua Jean-Louis ; parlons de l'avenir. Sais-tu bien bue nous sommes riches, à présent, avec ma croix :

deux cent cinquante francs qui vous tombent du
ciel tous les ans, c'est un beau denier, pas vrai?
puis notre part dans les bénéfices du moulin, car
j'ai tenu à faire régler les affaires, pour que tu ne
dépendes de personne à la maison. Quoique tu y
sois belle-fille, je ne veux pas que tu aies rien à
demander à ma mère, ni pour toi, ni pour ta
Mémée.

— Oh! Jean-Louis, est-ce possible, moi qui ne
vous apporte rien, vous me traitez mieux qu'une
fortunée, vous êtes bon comme du pain de froment.
Je vous remercie, quoique ce que vous avez fait
soit bien inutile : votre mère est plus raisonnable
que vous ne croyez et nous serons toujours d'accord
ensemble! Nous dépensons si peu la Mémée et moi
pour notre entretien, que ce n'était guère la peine
de prendre des précautions pour ça. Mais c'est égal,
vous êtes bien brave et je suis bien heureuse. Si
je fais des économies (et j'en ferai pour sûr), je les
donnerai à ma belle-mère, ça lui fera voir mon
amitié et ma confiance ; ça lui prouvera qu'elle n'a
point laissé entrer chez elle une gaspilleuse.

» —Tu feras comme tu voudras, mais je désire,
et j'ordonne même, que tu ne te laisses manquer
de rien. Je voudrais bien voir que tu ne fusses pas
aussi bien habillée que les riches fermières.

» — Allez, soyez sans crainte, » répondit la Marguerite avec une pointe d'ironie moqueuse, « on tâchera d'être aussi bien que celle de Chambon.

» — Peuh ! » fit le meunier, on n'aura pas de peine à être plus jolie et à se mieux tirer à quatre épingles. Oui, oui, tout ira bien, tout se suivra, le reste et les beaux habits.

» — De quoi parlez-vous ?

» — Ah ! voilà, je voulais te faire une surprise, mais les surprises, c'est de la bêtises ; on jouit bien mieux d'une chose attendue que d'une qui vous arrive comme un coup de roche sur la tête.

» — Voyons, qu'avez-vous fait ? des folies, je suis sûre !

— Que non ! que non ! mais puisque nous sommes riches, je veux que tu sois bien logée : j'ai fait poser un papier rose dans la chambre qui sera la nôtre au moulin ; j'ai acheté ees meubles de noyer dans lesquels tu pourras te coiffer, tant ils sont luisants ; j'ai fait mettre des rideaux blancs aux fenêtres, car je ne veux pas que les voisins puissent nous voir. Sur la cheminée, nous avons une petite pendule avec deux gros enfants dorés qui mangent un raisin noir ; j'ai fait exprès de choisir celle-là, j'aime tant les enfants, moi.

— Vraiment ! dit la marguerite en rougissant de nouveau, mais tout cela est trop joli pour nous, toute la paroisse y trouvera à redire. On pensera que nous sommes des orgueilleux. Du papier dans la chambre! sainte Vierge! Mais, Jean-Louis! du papier! il n'y en a pas chez le notaire!

— Eh bien! qu'est-ce que ça fait? Après tout, personne n'y viendra, dans notre chambre; c'est pour toi seule que je l'ai voulu faire si belle. D'ailleurs, sois tranquille, on ne dira jamais de nous comme de ce richard si bien habillé, si bien logé, qui, étant venu habiter Saint-Babel, était si dur aux misérables : « Il ferait mieux d'avoir de » bonnes actions sur la conscience que de si riches » vêtements sur le dos ; il vaudrait mieux que sa » maison eût une porte de bois ouverte aux mal- » heureux qu'une grille de fer dorée fermée à tout » le monde. » Non, le pauvre trouvera toujours un morceau de pain à notre table, un gîte sous notre toît. Si je t'ai acheté de belles robes, c'est pour que tu puisses donner les tiennes à quelque pauvre femme qui en manquera dans le village. Non, non, ne crains rien, le bon Dieu nous bénira, car nous le servirons en faisant l'aumône, en remplissant bien nos devoirs, en donnant à nos vieux parents tous les soins que leur âge demande. J'ai fait, dans ma voiture, une belle petite place pour ta grand'mère; puisqu'elle ne peut plus marcher, je la mènerai souvent, quand il fera beau, jusqu'au bois de la

Fouillouse pour lui faire respirer le grand air ; tous les dimanches, je la conduirai à la messe.

La Marguerite jeta autour d'elle un regard attendri comme pour y chercher des témoins des bonnes intentions de Jean-Louis, et répondant à sa propre pensée : — Ah ! oui, dit-elle, Dieu qui t'entend te bénira.

— Ah ! ah ! dit le meunier, ça te revient donc de me dire toi, comme avant que je parte, comme lorsque nous étions petits ! Allons, c'est très-bien ; pour cela, il faut que je t'embrasse.

Et, sans en attendre la permission, il appliqua sur les joues de la jeune fille un vigoureux baiser, dont elle se défendit maladroitement, comme cela peut arriver en pareil cas.

Tout en causant, ils étaient arrivés près de Pertu, un hameau dont les maisons sont jetées au hasard dans les interstices de la roche gigantesque qui borde l'Allier du côté de la rive droite. Les amoureux ne disaient plus rien ; comme les grandes peines, les grandes joies sont recueillies et disposent les âmes les plus simples à admirer la nature. Certes, nos deux villageois n'étaient pas des poëtes ; mais, cependant, ils n'étaient pas insensibles aux beautés du paysage qu'ils avaient devant les yeux. Ils se trouvaient bien sous ce ciel d'azur, au milieu de cette riante campagne, que leur contentement

parait encore. A leurs pieds serpentait la rivière
dont les flots bleus réflétaient le soleil levant; la
plaine immense déroulait sur l'autre rive son tapis
d'herbes naissantes, coupé en tous sens par des
bouquets d'arbres fruitiers dont la neige odorante
était apportée par le vent du matin. L'étroit chemin était bordé d'aubépines en fleurs. Un vigneron
matinal, en fossoyant, chantait une de ces naïves
chansons, bravant toutes règles, mais dont les airs
touchants mettent des larmes aux yeux du voya-
geur qui, en revenant au pays, les entend redire
sous la saulée.

Quand ils passèrent sous la vigne plantée le long
de la côte rapide, sur des parcelles de terrain, sou-
tenues par des murailles en pierres sèches qui,
d'en bas, ressemblent à des escaliers de géants, le
vigneron disait :

> Au moment d'atteindre au bonheur,
> Il dut fuir et quitter la belle !
> Qui dira la peine mortelle
> De la belle !
> De la belle
> Qui jamais dira la douleur !

Toutes les femmes sont superstitieuses. En entendant ce refrain, il sembla à la Marguerite que

son bonheur était menacé, et, instinctivement, elle
se serra contre Jean-Louis.

III

MATHIEU CALLOT.

D'un village à l'autre, tout le monde se connaît
de Saint-Babel à Issoire ; aussi le meunier sou-
haita-t-il le bonjour au chanteur en l'interpellant
par son nom :

« Eh ! Mathieu Callot, nous voilà gai de bon
matin ?

» — Pas trop, pas trop, mais je chante pour
m'égayer. Dieu vous garde, mes enfants ! Ah ! ça,
vous allez donc vous marier ? On le disait hier à
Horbeil, en sortant des vêpres, et tout le monde
en était content pour la Marguerite, car c'est une
brave et bonne fille, vois-tu. Ça fera une fameuse
meunière, bien plus avenante que la petite de
Chambon, qui prend des airs de dame à cause des
mille écus et des vingt cartonnées de terre qu'on
lui donne ; c'est méprisant, ça aurait chassé les
pratiques. »

Les habitants des grandes villes s'étonneront
peut-être de voir un étranger au courant des projets de la famille de Jean-Louis ; mais dans les

campagnes d'Auvergne, où la vie de chacun est à découvert, où la porte ne ferme jamais, où l'on est toujours à la portée de l'œil et de l'oreille du voisin, l'on ne cache que ce qui est mal. La monomanie de murer son intérieur n'a point pénétré jusque là, et les villageois mangent chez eux ou dehors, sans souci d'être vus. Par les chemins, et de cette voix haute particulière aux gens de la campagne, ils se racontent leurs espérances et leurs déceptions avec la même confiance que s'ils étaient tous de la même famille. Nous sommes loin de Paris, où les habitants du même palier ne se connaissent que de vue. Là, cette réserve a sa raison d'être; c'est une triste conséquence de la nécessité de changement qui travaille les habitants des grandes cités : à quoi servirait de commencer des relations si facilement rompues par l'intérêt de chacun? D'ailleurs, on ne se connaît pas ou ne désire pas se connaître, et l'on s'applaudit d'être chez soi, c'est-à-dire d'être seul et de jouir de la liberté de s'ennuyer. Mais au village, l'on ne se doute point encore qu'il est de la bienséance de se cacher pour les choses ordinaires et même pour les choses innocentes; aussi, les rez-de-chaussées y attendent encore les doubles rideaux et les carreaux dépolis.

Le meunier ne fut donc nullement surpris de

voir le vigneron initié à ses affaires ; il lui répondit
simplement :

« Merci pour la Marguerite et pour moi, Mathieu ;
celle de Chambon, avec son avoir, trouvera bien
sans peine un mari qui me vaille, mais tout le bien
du monde ne m'aurait pu donner une femme que
j'eusse tant aimée. »

Il tapa sur l'épaule de sa promise avec une familiarité pleine de joie.

— Oh ! oh ! reprit le vigneron, je vois bien qu'on
ne se battra pas à la Roche-Brune et que vous
êtes de vrais amis. Mais quoiqu'en dise le proverbe,
je veux vous offrir autre chose que de l'eau fraîche ;
allons, sans cérémonie, venez déjeûner avec moi ;
j'ai dans ma besace une bonne andouille, un morceau de saucisson cru, une barrique de petit vin
que nous boirons à votre santé ; il était trop matin,
quand vous êtes sortis de Saint-Babel, pour avoir
mangé la soupe.

Les fiancés remercièrent. Il y a en Auvergne, et
surtout dans les villages, deux manières d'inviter,
l'une qui ne signifie rien et qui n'est qu'une suite
des habitudes cordiales du pays. Au lieu de se
souhaiter le bonjour, les paysans qui se rencon-
trent se demandent « l'*at mandzado*, c'est-à-dire,
l'avez-vous mangé (sous-entendu la soupe) ; si
l'interpellé répond : Pas encore ; l'autre reprend

invariablement : Alors, venez chez moi, elle est trempée, nous la mangerons ensemble. — Grand merci! riposte l'autre, elle doit être prête à la maison. » Tout cela n'est qu'un cérémonial; mais il y a quelque chose de touchant dans cette manière d'aborder autrui, en s'informant de ses besoins. La véritable invitation consiste à prendre les gens par les pans de leur veste en leur disant : Vous allez manger avec nous : il le faut, vous me feriez affront d'aller déjeûner ou dîner ailleurs. L'invité s'en défend toujours, et longtemps, car l'urbanité des uns fait nécessairement la discrétion des autres.

Mathieu Callot, voyant ses offres rejetées, ne se découragea pas; il sauta au bas du dernier escalier de sa vigne, c'est-à-dire de la dernière muraille, et, prenant la jeune fille par le bras, vous le *feriez pour mal*, dit-il, faut pas vous en aller sans prendre quelque chose. Jean-Louis voulut répliquer; Mathieu brandit en riant sa binette : — *Nom d'un!* dit-il, je t'assomme, si tu parles : nous sommes bons amis, nous deux la Marguerite; elle dit oui, pas vrai, la belle meunière? Si celui-là refuse de trinquer avec moi, c'est que le ruban rouge l'a rendu fier, ou qu'il ne veut pas m'offrir un coup à boire quand je passerai devant la Roche-Brune.

— Diable de Mathieu Callot, fit Jean-Louis en se

laissant emmener, il est toujours bon enfant, mais
entêté comme la mule du pape, combien de fois
m'a-t-il fait arriver trop tard au moulin.

Ils s'assirent tous trois en rond sous un pêcher
dont les fleurs roses tombaient sur la tête des
convives. Les deux hommes mangèrent comme
quatre, burent comme l'auraient pu faire dix
paysans des environs de Paris, et cela sans se
presser, tout en devisant, tout en admirant les
bourgeons remplis de promesses que la vigne
montrait sur ses bras tordus et capricieux. En
partant pour son travail le paysan auvergnat
compte toujours sur quelque convive de hasard,
quand ce ne serait que le mendiant qui passe. Il
emporte toujours du pain et du vin pour trois ; le
pain, il le rapporte quelquefois s'il n'en trouve pas
le placement ; mais le vin, ce serait une honte ! et,
ma foi, il se gêne pour alléger sa barrique. Aussi
s'en revient-il de l'ouvrage gai comme un pinson,
satisfait de lui et des autres.

Donc Mathieu Callot et Jean-Louis Allard, le
meunier, déjeûnèrent comme des ogres ; il n'en fut
pas de même de aMarguerite : la joie lui serrait
le cœur et l'estomac, et, malgré les vives instances
de ses deux compagnons, elle ne toucha presque
pas au pain bis, au saucisson, et trempa-t-elle à

peine ses lèvres rouges dans la tasse d'argent de
Jean-Louis.

Si cette tasse plate, et qui peut se mettre dans la
poche du gilet, quitte rarement le paysan d'Auvergne, c'est qu'à chaque instant il trouve maintes
occasions de s'en servir. Les gens de la Limagne
sont gens précautionneux.

IV

ISSOIRE.

Après le repas, ils quittèrent leur hôte de rencontre et descendirent du côté du Bac-du-Mât. Le
soleil était déjà haut ; il faisait une chaleur préma-
turée ; les arbres qui bordent largement la rive de
ce côté commençaient à donner l'ombre de leurs
jeunes feuilles et de leurs branches vigoureuses.

Ils s'enfoncèrent dans cette espèce de petit bois
que l'on nomme le Rivage. Sous leurs pas les
insectes volants commençaient à se lever ; des
essaims d'abeilles butinaient dans les fleurs fraîches
écloses dont la mousse était parsemée. La vie foi-
sonnait sur la terre et semblait graviter dans l'air.

Jean-Louis et sa fiancée subissaient, sans le
savoir, l'influence du tableau grandiose qui s'ani-

mait devant eux. Pour la première fois, peut-être, l'amour éclairant de ses reflets intérieurs les beautés touchantes de leur pays, les leur faisait admirer, les leur faisait comprendre. Ah aussi! comment ces âmes droites et simples, dégagées de toute préoccupation matérielle, pleines d'espérance et de joie, auraient-elles pu demeurer froides devant tant de splendeurs agrestes, de richesses véritables dont la nature s'est montrée si prodigue envers ce petit coin de terre!

Ici, l'Allier roule ses ondes rapides entre des roches dévastées aux flancs desquelles la chèvre capricieuse et hardie ose seule se suspendre pour y chercher les touffes de genêts fleuris ouvrant au soleil leurs corolles d'or dont les âcres parfums embaument la route. Là, le fleuve baigne une terre enchantée et ses rives disparaissent sous une myriade de graminées, de trèfles roses contrastant avec le narcisse immaculé de la prairie! Plus loin, il enceint de ses bras d'azur et semble étreindre amoureusement un îlot planté d'arbres gigantesques, liés les uns aux autres par un enchevêtrement sans fin de parasites qui pendent en gracieux festons, en girandoles fantastiques au-dessus des arbustes dont les pieds se baignent dans l'eau. Dominant le site, des ruines majestueuses montrent au faîte d'une montagne leurs créneaux démantelés, mélancoliques vestiges d'une puissance évanouie dont le hibou fait sa demeure. Le temps qui a couché sur l'herbe les tours menaçantes, a respecté le village né à leur ombre. On le voit, au-dessous de la forteresse démolie, dresser ses toits couverts de tuiles d'où s'échappe une joyeuse fumée. L'une s'appuyait sur la force et le privilége ; l'autre sur le travail et le droit : les premières devaient être anéanties pour laisser le second se développer en liberté !

— Mon Dieu, Marguerite, dit le jeune homme en désignant les lointaines perspectives, dans lesquelles se perdent les montagnes couvertes de neige qui, de tous côtés, bornent l'immense horizon, mon Dieu, Marguerite, nulle part il n'y a ça ; j'ai bien trouvé des plaines et des arbres partout, mais jamais des cimes qui font rêver comme celles-là !

— Ça touche le ciel, répondit la Marguerite, il semble qu'on y serait plus près du bon Dieu, et, bien des fois, quand vous étiez à la guerre, j'avais envie d'aller y prier pour vous.

Après avoir hélé le batelier, qui vint sans se presser, comme tout honnête Auvergnat doit le faire, les fiancés attendirent.

Des mariniers de Brassac et de Jumeau descendaient la rivière en chantant à plein gosier. Le cœur de la Marguerite se serra tout de bon en reconnaissant la complainte dont le triste refrain l'avait douloureusement impressionnée. Machinalement elle répéta avec les chanteurs :

Au moment d'atteindre au bonheur,
Il dut fuir et quitter la belle !
Qui dira la peine mortelle
De la belle !
De la belle,
Qui jamais dira la douleur !

Le son de sa voix était si triste que Jean-Louis le remarqua et comprit quelles craintes faisait naître cette chanson dans l'âme de sa fiancée.

— Si tu te mets des chimères dans la tête, lui dit-il, ça nous portera malheur; aie confiance pauvre mie, rien ne peut empêcher que nous soyons mariés demain. Dans une heure, le domestique sera à Issoire avec la charrette; quand il aura rendu leur blé aux pratiques, quand nous aurons fait nos commissions, nous nous en reviendrons montés (1) l'un près de l'autre, et nous n'aurons plus que la nuit à passer. Faut pas se tourmenter : le mal vient souvent à celui qui le craint.

Ils entrèrent dans Issoire, une jolie petite ville.

_____

(1) C'est-à-dire en voiture.

l'aspect franc et jovial, où dans tous les coins l'on entend babiller les femmes et les fontaines ; où les maisons , très-rapprochées les unes des autres dans les rues étroites, ont quelque chose de la physionomie des habitants : elles ont l'air de se parler en se moquant de ceux qui passent devant leurs portes béantes. Les bons mots y circulent comme le bon vin au cabaret ; il s'y élabore tous les ans un grand nombre de chansons caustiques, d'épigrammes acérées ; tout le monde y est un peu poëte pour flageller les ridicules du prochain, comme tout le monde y devient sœur de charité pour soulager sa misère.

L'humanité y est si drôle un jour de carnaval, qu'elle y est noble et touchante une nuit d'incendie !

Une fois le feu était à Perrier. Toute la population issoirienne, arrivée trop tard pour porter secours à une maison de pauvres paysans, rebâtit cette maison en un jour, la remeubla à ses frais et s'en retourna en chantant.

Quand la Marguerite y entra, elle était agitée de noirs pressentiments. Qui de nous, une fois au moins dans sa vie, n'a éprouvé ces appréhensions pénibles qui ne sont rien que des défaillances de l'âme inquiète de l'avenir.

Ce fut dans ces dispositions d'esprit où l'on se

cherche des sujets d'alarmes, que la Marguerite se
mit à penser obstinément à sa sœur en passant sur
le boulevard de la Manlière. Elle se prit à pleurer ;
c'est de là qu'elle avait vu emporter par la dili-
gence cette amie incomparable qui, le lendemain,
un si beau jour, ne serait pas à ses côtés.

A l'occasion de son mariage, elle avait fait écrire
à la Myette et n'en avait pas reçu de réponse. Que
devenait-elle, là-bas dans cette grande ville, avec
ses cinq enfants ? N'y avait-elle pas trouvé la misère et la maladie au lieu de la richesse que Jacques espérait si bien en rapporter ? — Toute cette
petite famille était venue bien vite augmenter les
charges du ménage. Que la Marguerite eût été
heureuse ! et que cela eût complété son bonheur,
si elle avait eu la perspective de les voir tous sept
assis à la table des noces, les uns sur les bancs de
bois, les autres sur les genoux !

VI

LE RETOUR.

Les fiancés ne restèrent que bien peu de temps
à la ville. Aussitôt les dragées portées, les achats
terminés, ils s'en retournèrent dans la charrette
qui avait apporté du blé. Assis l'un près de l'autre

sur une botte de paille, ils oublièrent bientôt les
folles appréhensions qui, un instant, les avaient
troublés tous les deux, car l'attente du bonheur
rend craintif ; et Jean-Louis aussi avait fini par
avoir peur de l'avenir. Mais, voyant sa Marguerite
joyeuse et rassurée, il se rassura et fut gai tout le
long de la route, qui ne lui sembla pas longue. Ils
parlaient peu, et encore n'était-ce que de choses
indifférentes, quoique leurs cœurs fussent pleins de
tendres paroles. Chacun d'eux attendait le lendemain pour épancher dans le sein de l'autre le
trop plein de son âme. La Marguerite tenait toujours son bouquet sur ses genoux. Quand ils re-
passèrent devant Naves, Jean-Louis descendit,
cueillit une énorme branche d'églantine, et, avec
une ficelle, l'attacha à un des bras que la croix
semblait étendre sur eux pour les bénir.

La jeune fille était radieuse ; elle remercia encore son fiancé, qui lui répondit :

—Faut pas oublier le bon Dieu, quand on est
content.

La nuit tombait quand ils arrivèrent au moulin
de la Roche-Brune, où la mère Allard les attendait
sur l'espèce de terrasse rustique, appelée galerie,
que l'on voit devant la façade de presque toutes les
maisons d'Auvergne. Comme toutes les personnes
de sens , la meunière faisait de nécessité vertu.

N ayant pu empêcher le mariage, elle, cherchait à y trouver son compte, et certes, à part la question d'argent—aussi brûlante aux champs qu'à la ville — la brave femme avait toutes sortes de raisons pour s'applaudir d'avoir cédé aux désirs de son fils. Mais la mère Allard ayant fini par découvrir cette vérité : que la sagesse, la vertu, la douceur peuvent compenser le manque de fortune, allait et venait d'un air empressé et content, surveillant les apprêts de ces repas homériques dont rien ne saurait donner une idée plus exacte que celui des noces de Gamache. On avait tué un cochon gras et plus de trente poules ; d'énormes pâtés de viande, cuits déjà depuis le matin, remplissaient une salle basse. Les bateliers, tous amis de Jean-Louis, avaient fait à son intention une pêche miraculeuse dont les poissons vivants garnissaient encore deux ou trois bacholles pleines d'eau, quoique la moitié en fut déjà en court-bouillon ; un quartier de bœuf, un mouton, cinq ou six lièvres, deux grosses dindes, une oie grasse, une demi-douzaine de lapins, attendaient leur tour de marmite à la porte entr'ouverte de la cave. Il y avait de quoi faire dîner une armée.

La meunière, après avoir regardé Jean-Louis, jeta sur tous ces préparatifs gigantesques un regard de satisfaction, et hocha plusieurs fois la tête en se

pinçant les lèvres d'un air qui signifiait : « Tu le vois,
quoique ta promise ne soit pas riche, on n'a rien
négligé ; les amis peuvent venir. » Elle fit entrer la
Marguerite dans la vaste grange qui devait être le
théâtre du repas. Déjà tout y était prêt : des draps
degrosse toile étaient tendus pour cacher les murailles grises. Entre les énormes poutres que des amis
communs des mariés avaient essayé de masquer avec
du feuillage, il y avait bien encore quelques trames
d'araignée ; mais, ma foi ! en Auvergne, à Saint-
Babel surtout, on n'y regarde pas de si près : une
trame d'araignée n'a jamais empêché personne de
dîner. La salle fut trouvée d'une magnificence inconnue jusqu'alors.

» Han ! han ! fit la Marguerite en admirant les
décors, on ne s'en est pas moqué, et je crois bien
que de mémoire d'homme on n'a jamais vu pareille
noce ! Merci, vous autres ! cria-t-elle en s'adressant à deux ou trois jeunes drôles qui, à cheval
sur de grosses solives arc-boutant le toit de la
grange, terminaient cette décoration champêtre ;
merci bien ! c'est trop beau ce que vous faites-là,
ça ressemble à la procession de la Fête-Dieu.

» Rien n'est trop beau pour la jolie meunière,
répondirent courtoisement les jeunes gars, du haut
du plafond : nous ne ferons jamais assez d'honneur à la croix de Jean-Louis. Vous verrez ça

demain, Marguerite : on vous suivra à l'église avec
le fusil sur l'épaule et des bouquets à la baïon-
nette ! Faut que ce soit plus beau que pour l'adjoint.

— Pas de simplages ! (c'est-à-dire de folies);
pas de simplages, mes enfants, interrompit la mère
Allard; je ne veux exciter la jalousie de personne;
faites pour Jean-Louis comme pour les autres :
l'adjoint...

Les jeunes gens lui coupèrent la parole :

— Nous pouvons tous être adjoints comme Nono
Laprade, mais nous ne gagnerons jamais le ruban
rouge à Saint-Babel ! Vive Jean-Louis Allard ! vive
sa promise qui l'a attendu sept ans !

— Venez tous boire un coup, leur dit Jean-
Louis, et vive Saint-Babel ! Trinquons à la santé
de la paroisse !

La Marguerite s'éloigna pendant que le jeune
meunier trinquait avec ses amis. Elle entra à l'é-
glise pour remercier Dieu et répandre sa joie devant lui.

Une lampe suspendue à la voûte répandait une
clarté vacillante dans l'ombre épaisse du sanc-
tuaire; les lourds piliers sortaient vaguement de
l'obscurité dans laquelle les bas-côtés étaient perdus. Le silence mystérieux et solennel, particulier

aux lieux saints, régnait dans la chapelle rustique.

La Marguerite s'agenouilla pieusement sur les
dalles, et tout en priant avec ferveur devant l'autel
de la Vierge, oubliant les peines de l'absence et
comptant pour rien sa vie sans tache, elle se demanda comment elle avait pu mériter tant de bonheur? « Ah ! dit-elle à demi-voix, c'est vous, sainte
Mère de Dieu, qui m'avez protégée, qui m'avez rame-
né mon Jean-Louis. Merci ! merci ! sainte Vierge »
Et la reconnaissance mit dans ses yeux des larmes
pleines de douceur. En action de grâce, elle commença son chapelet ; sans doute cette sainte mais
monotone prière, où les mêmes paroles reviennent
sans cesse, avaient peine à fixer son esprit et à
l'absorber tout entière comme lorsqu'elle priait
d'effusion ; car, malgré sa bonne volonté, ses lèvres seules parlaient à la Vierge, et l'ombre du
saint lieu lui inspirait une vague terreur qu'elle ne
pouvait maîtriser. Cette terreur fut au comble,
quand une voix, sortant du cimetière adossé à l'é-
glise, traversa tout à coup les voûtes silencieuses.
Mais que devint la Marguerite, superstitieuse
comme la plupart des filles de village, lorsqu'elle
reconnut ces paroles :

Au moment d'atteindre au bonheur,

Il dut fuir et quitter la belle !
Qui dira la peine mortelle
De la belle !
De la belle,
Qui jamais dira la douleur !

C'était la troisième fois dans la même journée que ce refrain menaçant frappait la Marguerite. La troisième fois, hélas ! à pareille heure, et dans ce lieu, ce nombre fatal n'était-il pas à lui seul un pronostic de malheur ? Éperdue, elle courut à la porte et sortit précipitamment en proie à la plus grande frayeur.

Devant le cimetière, elle crut distinguer une forme noire qui semblait l'attendre au passage. Elle n'osait avancer. Un éclat de rire strident lui apprit qui avait osé venir troubler le repos des morts et sa propre prière : elle reconnut une pauvre folle étrangère qu'on appelait la Cibo. Nul ne savait d'où elle venait ; mais comme elle était douce et inoffensive, personne ne lui refusait l'oignon dont elle faisait exclusivement sa nourriture. Comme elle ne demandait jamais autre chose à la charité publique et qu'elle le demandait dans le patois du Midi, on lui avait donné le nom de son mets favori (*cibo* veut dire oignon). Tous les paysans l'accueillaient volontiers ; elle savait une foule de chansons

qui réjouissaient les petits enfants. Quand elle avait
commencé son répertoire, il fallait que, comme
un orgue de barbarie, elle achevât sa kyrielle ; elle
ne s'arrêtait qu'à bout de forces. En été, elle cou-
chait dans les champs ou dans les cimetières qu'elle
affectionnait particulièrement. En hiver, les paysans lui donnaient asile dans les granges et les éta-
bles, où sa présence était censée porter bonheur.
Aussi Marguerite se rassura-t-elle en reconnaissant l'insensée dont elle s'approcha en lui disant :

— Demain, pauvre Cibo, tu auras des oignons
bien cuits et bien assaisonnés, si tu veux venir à
la grange du père Allard ; on t'en donnera tant que
tu voudras.

— Pourquoi donc, demanda la folle, pourquoi
donc m'en donnera-t-on tant que ça ?

— Parce que je veux que tu sois centente, que
tu partages ma joie ; je me marie demain.

— Ah ! tu te maries !

Elle éclata de rire.

— Est-ce qu'on se marie à Saint-Babel ? Tu es
donc riche, toi ? Eh ! oui, tu es riche, puisque tu
m'as si souvent donné à manger ; toi et la Myon-
Bussière, vous êtes les plus riches du village. C'est
chez vous deux que j'aime à me coucher quand il
fait froid : vous me donnez des couvertures, vous
m'arrangez bien dans un lit chaud et blanc, tandis

que les autres mettent de la paille sur moi. (La Cibo mesurait la fortune aux bienfaits. La Cibo n'était qu'une pauvre folle.)

Elle poursuivit :

— Je suis bien aise que tu sois riche ; d'abord, parce que tu m'as nonné cette robe de buratine verte ; ensuite, parce que tu te marieras. Si tu étais seulement belle et bonne, tu ne te marierais point. Moi, vois-tu, j'étais plus belle qu'aucune ; mais belle et pauvre, c'est ça qui est funeste ! c'est ça qui porte malheur ! Mais toi, tu es riche heureusement. Ah, tant mieux ! tant mieux ! je ne suis pas jalouse, va ! Je serais bien fâchée si la chouette blanche mangeait ton cœur comme elle a mangé le mien !...

La Marguerite, émue de pitié et touchée des bons sentiments de l'infortunée, lui prit la main et la serra.

Sensible à cette marque de sympathie, la Cibo embrassa la main qui tenait la sienne, en disant :

— Adieu, je vais prier pour toi. Je ne veux pas dormir. Toute la nuit, je demanderai au bon Dieu de te faire heureuse !

Elle s'éloigna.

VII

LA LETTRE.

Il était nuit noire. La Marguerite repassa devant la Roche-Brune où, comme de joyeux feux follets, on voyait courir des lumières. Elle entendit chanter Jean-Louis à travers le tic-tac du moulin dont il suivait le mouvement cadencé. Elle s'arrêta un moment pour écouter cette voix si chère ; puis elle continua son chemin, se reprochant d'avoir un peu négligé la Mémée qu'elle avait confiée à la garde de la Myon-Bussière.

La pauvre vieille, à la vérité, n'était plus sensible au manque d'égards et ne prenait guère souci de personne : complétement paralysée à la suite de plusieurs attaques d'apoplexie, elle ne vivait plus qu'à moitié, la mort avait commencé son œuvre dans ce corps tordu par une violente décrépitude. Les facultés aimantes, qui sont les dernières à s'éteindre chez la femme, étaient tellement affaiblies chez la Mémée, que c'est à peine si elle avait compris le bonheur qui arrivait à la Marguerite. Quant à la Myette, sa fille de prédilection, elle n'en parlait plus que par intervalles et n'avait jamais pu retenir au juste le nombre de ses enfants.

Hélas ! où va ce rayon céleste qui s'éteint ainsi par degré !...

Quand la fiancée de Jean-Louis entra chez la Myon où, le matin, aidée de ses voisines, elle avait porté sa grand'mère, cette dernière était déjà couchée dans le lit d'un des fils absents de la veuve et dormait d'un sommeil lourd et profond.

A la lueur d'une petite lampe de fer à tige mobile, suspendue au plafond, et que l'on nomme chalet dans le pays, la Myon-Bussière et son fils aîné travaillaient à terminer une veste de gros drap gris destinée à la fête du lendemain.

La veuve Bussière, dont nous avons déjà parlé plusieurs fois dans le cours de cette simple histoire était une femme de cinquante ans : grande, maigre, la taille un peu déviée par son assiduité au travail. Sa tête, encadrée dans la haute coiffe blanche dont la mode va se perdant, était particulièrement remarquable par la délicatesse et la pureté des lignes, mais surtout par l'expression angélique et profonde du regard. C'était une de ces Mater-Dolorosa que le Dominicain a agenouillées au pied de la croix, un de ces types de la douleur maternelle dont le visage plein de larmes resplendit pourtant d'une sainte résignation. Le visage de la veuve était de ceux dont la beauté se transfigure, mais ne passe jamais ; l'âge, au lieu de les altérer, y empreint une majesté touchante.

Pourtant vous eussiez bien étonné les gens de

St-Babel, si vous leur aviez dit que la Myon était belle. Serait-ce que la beauté est relative aux différents lieux, aux différentes classes d'individus, et, comme les lois humaines, changerait-elle d'objet suivant les mœurs et les climats? — Non, assurément, car l'instinct du beau se traduit de la même manière chez tous les hommes par une sorte d'ascendant. Mais dans la campagne ce que l'on nomme beauté n'est bien souvent que l'expression de la santé ou de la force ; on se trompe sur le mot, on ne se trompe pas sur la chose. La preuve, c'est que tous les habitants de Saint-Babel subissaient l'influence de la Myon ; tous l'aimaient, tous lui voulaient du bien. Dans la plupart des familles, c'était une joie que de l'avoir en journée ; les enfants, ces organisations toutes d'instinct, payaient particulièrement à la nature étrange et élevée de la veuve un tribut d'affection spontanée qui la touchait et mettait parfois des larmes aux yeux toujours un peu humides de cette bonne créature.

Quoique son esprit fut des plus simples, elle était de bon conseil et toujours ceux qui suivaient ses avis s'en trouvaient bien : c'est que le cœur est aussi une lumière. La Myon était encore la messagère de paix entre les parents ou les amis brouillés, et quoiqu'elle fréquentât modérément l'église, le vieux curé regardait comme une de ses plus pieuses paroissiennes. Sa vie, pleine de travail et d'obscures bonnes œuvres, s'était écoulée dans une pauvreté relative qu'elle n'avait jamais sentie, et dont, au contraire, elle avait su tirer quelque chose pour donner à plus pauvre qu'elle.

A l'arrivée de la Marguerite, la veuve leva la tête de dessus son ouvrage, et, après s'être informée si sa cousine n'avait besoin de rien, elle lui dit :

— Assieds-toi là, près de moi, pauvre mie. J'ai fait coucher ta Mémée dans le petit lit du petit Jean où, demain, je la veux garder tout le jour, afin que tu sois tranquille. Pourvu que la bonne vieille ait à boire et à manger, tu sais qu'elle ne s'inquiétera de rien. Qu'est-ce que nous sommes, doux Jésus! elle qui, autrefois, aurait été si contente. Enfin, il faut croire que ce que Dieu fait est bien fait, et vouloir ce qu'il veut.

Il y avait dans la voix de la veuve, en prononçant ces dernières paroles, une intention si marquée que la Marguerite en eût froid jusque dans les os.

— Comme vous dites ça, Myon, ne me cachez rien ! Quelque chose me menace !

— Dieu seul le sait, répondit la pieuse femme, mais je sais par habitude qu'il faut toujours être prêt au malheur ; nous avons reçu une lettre pour toi.

La Marguerite pâlit. Le tailleur, boiteux de naissance, alla, clopin clopant, prendre sur une pelote
pendue à la muraille, une lettre attachée avec une
épingle et la donna à sa cousine en disant :

— Le piéton a affirmé que c'était de Paris.

Elle la prit, la tourna et la retourna dans ses
mains. Les pressentiments de la journée lui revin-
rent ; il lui semblait qu'une machine infernale allait
sortir de ce papier cacheté de noir pour renverser
l'édifice de son bonheur. Enfin, toute tremblante,
elle tendit la lettre au tailleur, qui savait un peu
lire. Voici ce qu'elle contenait :

« Ma chère Marguerite,

» La présente est pour m'informer de tes nouvelles, ainsi que de celles de ta Mémée, et pour te
dire par la même occasion que ta pauvre sœur, la
Myette, après bien des souffrances et de la misère,
est morte des suites de couches pour s'être voulu
trop tôt remettre à l'ouvrage. Je te mande également et par la même occasion que ton beau-frère
n'ira pas loin : la mort de la Myette l'a *si* tellement
frappé qu'il ne peut plus manger ; c'est grand'pitié
de le voir avec ses cinq enfants. Le dernier est
gentil comme un sou ; il ne demande qu'à vivre ;
c'est moi qui lui donne à téter, en attendant qu'on
puisse placer les uns par ci, les autres par là. Tout

ça est un grand crève-cœur. Si tu en peux prendre un, la femme à Jeannot te l'amènera ; tu n'as qu'à me le faire savoir.

» Nous nous portons tous bien, et je souhaite que la présente vous trouve de même. Par la même occasion, je fais bien des compliments à ma cousine Nanette Boussac, au Nanet Guelintin, à la Gaillardonne, à Pierre Allard, ainsi qu'à Jean-Louis et à sa mère, et à ma tante Caton ; à tous nos voisins et amis, sans oublier monsieur le curé et tous ceux qui demanderont de mes nouvelles.

» Par la même occasion, je te donne mon adresse :

» Madame, madame Catonnet-Duvert, marchande de charbons, rue des Amandiers, Nº 43, à Paris, département de la Seine.

» Rien autre chose à te mander pour le moment. Je finis ma lettre en t'embrassant de tout mon cœur, et suis pour la vie ta cousine,

» CATONNET CHAMBEAU, femme DUVERT. »

VIII

LE DÉPART.

La Marguerite était anéantie. Elle demeura plus d'un quart d'heure, après la lecture de cette lettre fatale, sans faire un mouvement, sans pleurer, sans même lever les yeux. Sa tête se perdait entre deux abîmes; le passé et l'avenir; le passé avec ses charges de reconnaissance et d'amour pour la pauvre morte qui semblait lui crier du fond de sa tombe lointaine et inconnue : Mes enfants ! mes enfants ! Ce passé impérieux couvrait l'avenir d'un voile sombre qu'elle n'osait soulever ! L'avenir, tout à l'heure si plein de promesses et maintenant de désespoir ! Toutes ces pensées et mille autres bouillonnaient dans son cerveau et néanmoins elle demeurait là stupide, les bras pendants comme si un pouvoir magique eût suspendu la vie en elle. La Myon et son fils respectaient cette douleur muette dont ils comprenaient l'étendue.

Enfin, elle se leva, prit la lettre qui était restée ouverte sur la table, et, la montrant à la veuve devant laquelle elle s'arrêta effrayante de pâleur, elle lui demanda d'une voix basse et altérée :

— Que feriez-vous si vous étiez à ma place?

La Myon leva sur elle ses yeux noyés de larmes.

— Moi ! répondit-elle sans hésiter, j'irais rendre aux enfants de ma sœur ce qu'elle a fait pour moi, quand j'étais petite.

Un déluge de pleurs suivirent ces paroles et, pendant un instant, l'on n'entendit rien que les sanglots de ces trois personnes dont chacune prévoyait ce que coûterait l'accomplissement d'un semblable conseil. La veuve se remit la première et reprit :

— Non, je te connais, les enfants de la Myette ne seront pas séparés comme les agneaux que l'on vend au marché. On ne les placera point par ci, par là, comme le dit la Catonnet, car tu seras leur mère !

La Mémée fit un mouvement dans son lit.

— Et ma grand'mère? demanda la fiancée de Jean-Louis, saisissant ce prétexte comme le naufragé saisit la planche de salut; je ne puis pas abandonner ma grand'mère !

— Que cela ne t'empêche point de faire ton devoir, répondit la veuve, et si tu veux me la confier, j'aurai soin de ta pauvre vieille. Dieu et mon fils m'aideront à te remplacer auprès d'elles. Nous ne sommes pas riches, mais elle ne manquera de rien avec nous; n'est-ce pas, petit? coutinua-t-elle en s'adressant au tailleur.

Celui-ci se hâta de répondre :

— Nous l'aimerons comme notre propre Mémée, si elle vivait encore. N'en sois pas en peine, cousine, nous serons trop contents de faire quelque chose pour elle et pour toi.

Elle se jeta dans leurs bras :

— Mais Jean-Louis ! dit-elle.

— Dieu te devra beaucoup, répondit la Myon, car il te demande beaucoup ! Jean-Louis !... il n'y faut plus penser, et... n'attends pas de l'avoir revu, tu ne pourrais plus partir !

— Ah ! Myon, partir sans lui dire adieu ! sans lui donner une parole de consolation, est-ce que cela se peut ?

— Oui, Marguerite, et je te parle comme si tu étais mon enfant. Je te parais bien dure, n'est-ce pas ? mais, vois-tu, le bon-sens doit te faire comprendre que tu ne peux être ici demain ; je n'ai pas besoin de t'expliquer pourquoi.

— Vous avez raison ; je partirai.

Elle fit un pas pour sortir ; la veuve l'arrêta :

— Écoute, lui dit-elle, avant de quitter le pays, mesure tes forces et vois si tu peux aller jusqu'au bout sans te repentir d'avoir sacrifié ton bonheur à ce que nous croyons être ton devoir ?

— Je serai malheureuse, mais je ne me repentirai pas d'avoir bien fait.

— C'est bien, Marguerite ; as-tu besoin d'argent ? j'irai en emprunter chez M. le curé.

— Non, merci, j'ai plus qu'il m'en faut pour mon voyage. Quand je serai là-bas, je ferai écrire à Jean-Louis ; vous, Myon, vous irez demain à la pointe du jour ; dites-lui que je l'aimais bien !... dites-lui que je lui rends sa promesse !...

Les sanglots étouffaient sa voix. Ces dernières paroles la déchiraient. Sous prétexte de tout préparer pour son départ, elle alla chez elle cacher son désespoir et ses larmes.

D'abord elle se jeta sur un siége et donna un libre cours à sa douleur. Ses vêtements de noces étalés sur son petit lit étaient prêts depuis la veille; elle les plia soigneusement et en fit un paquet qu'elle donna à la Myon; la brave femme, sous prétexte de l'aider, étant venue pour ne pas la laisser seule.

— Vous porterez cela chez Allard, dit-elle.

Puis elle ajouta tout bas, et comme honteuse de penser à autre chose qu'à la mort de sa sœur :

— Vous prierez Jean-Louis de ne point donner à d'autres ces habits qu'il avait achetés pour moi; c'est la seule chose que je lui demande en le quittant.

Elle mit dans un sac ses hardes particulières avec prière de les lui envoyer par le roulage, n'emportant avec elle que les choses indispensables. Quand tout fut prêt, elle s'agenouilla devant son lit; elle ne pouvait quitter cette demeure où s'était écoulée sa vie et dont les meubles grossiers lui rappelaient mille chers souvenirs. C'était sur ce banc qu'elle avait coutume de s'asseoir aux pieds de sa sœur ou de sa grand'mère quand elle était petite. Cette image collée à la muraille était celle de sa première communion ; cette table de sapin était l'ouvrage de son père ; le portrait d'Henriette et Damon lui avait été donné par Jean-Louis Cent fils imperceptibles semblaient rattacher ces objets à son cœur.

Pendant qu'elle était abîmée dans sa douleur, la Myon détacha du mur un christ de plâtre, qu'elle mit dans le panier que sa cousine devait emporter à Paris. Touchante et simple leçon par laquelle la veuve indiquait à qui la Marguerite devait demander courage et résignation.

Enfin la pauvre fille se leva, ferma sa porte, dont elle donna la clef à la veuve, puis elle alla embrasser sa grand'mère toujours endormie.

— J'ai bien le temps, dit le boîteux, de finir ma veste, à présent ; je vais t'accompagner à Issoire.

— Non, non, répondit la Marguerite ; tu ne marches déjà pas si facilement, je m'en irai bien toute seule.

Et, malgré les instances de ces braves gens, elle ne voulut jamais souffrir qu'ils l'accompagnassent au-delà de la croix du chemin, vers les dernières maisons.

C'est qu'elle n'avait pas fini toutes les douloureuses stations qu'elle voulait faire et dont elle répugnait de rendre témoins ses bons amis.

Lorsqu'ils se furent éloignés et qu'elle n'entendit plus le bruit de leurs pas, la pauvre fille revint sur les siens et se dirigea du côté du moulin. Tout dormait dans le village et à la Roche-Brune ; la grande cour était ouverte, la Marguerite se glissa fortuitement le long de la haie de clôture, jusqu'au-dessous de la fenêtre de la chambre où dormait Jean-Louis. Elle tendit les mains dans cette direction :

— Adieu, dit-elle, en étouffant ses sanglots avec son mouchoir ; adieu, toi que j'aimais tant et qui le méritais si bien. Adieu, pardonne-moi.

Elle prit le bouquet qu'il lui avait donné le matin, le partagea, en lia la moitié avec une tresse de ses longs cheveux noirs, et l'attacha à un cep de vigne où le jeune meunier devait la trouver en sortant de chez lui. Elle ne pouvait quitter cette maison, où elle laissait tous les éléments de son bonheur, où son âme se cramponnait : elle touchait les murailles, la charrette dans laquelle elle s'était assise à côté de Jean-Louis, écoutait sans s'en rendre compte le murmure du ruisseau. Parfois, elle fuyait en courant comme une insensée, puis elle revenait et semblait clouée au sol. Enfin, il fallut s'en aller pour tout de bon.

— Adieu, cria-t-elle encore, étouffant de ses mains crispées les paroles qu'elle craignait être en-

tendues des gens du moulin. Adieu!... Adieu!...
Adieu!... Jean-Louis! Adieu!

Elle sortit en chancelant. Le chien de garde vint la
caresser au milieu de la rue et se mit à lécher ses
mains. La Marguerite l'embrassa. Elle passa ensuite
rapidement devant la grange où devait se faire le
repas et ne s'arrêta que devant l'église. Là, le front
perdu dans le gazon, elle pria Dieu de toute son
âme et se releva un peu calmée. Un instant elle demeura debout, considérant cette porte close qui
devait s'ouvrir le lendemain pour consacrer son
bonheur! Hélas! se dit-elle, je ne la passerai peut-
être plus, car qui sait si je reviendrai jamais à
Saint-Babel! Elle monta sur une borne adossée au
petit mur du cimetière : elle n'osait point y entrer
pour dire adieu aux cendres de cette pauvre mère,
de ce père qu'elle n'avait jamais connus. Et, par
cette pente naturelle à la douleur humaine, ce fut la
perte la plus récente qu'elle pleura, Myette! Myette!
Ma sœur, disait-elle, je ne te verrai donc plus, toi
pauvre qui étais si bonne pour moi! Toi qui m'aimais comme ton enfant! Ah! je serai la mère de
ceux que tu as laissés; je te le promets ici, Myette!
Myette! c'est donc vrai que tu es morte! Ah!
j'avais bien raison d'être triste quand tu partis,
puisque tu nous quittais pour toujours!

Elle allait s'éloigner; une forme vague qu'elle

n'avait point d'abord aperçue se détacha lentement
des marches de la croix et s'avança vers elle ;
c'était la pauvre Cibo, dont l'œil habitué à l'obscurité avait reconnu la Marguerite.

— Tu viens, lui dit-elle, pour savoir si j'ai tenu
ma promesse ; tu le vois, depuis la nuit je suis
agenouillé et prie pour toi ; va, tu seras bien heureuse, quelque chose me l'a dit.

La Marguerite sanglottait.

— Ah ! tu pleures de joie, continua la folle, j'en
suis bien aise ; moi, je ne puis pleurer ni de joie ni
de peine : la chouette blanche a bu toutes mes
larmes. Allons, va te coucher, Marguerite, moi je
reste avec les morts parce que je suis morte aussi :
quand on n'a plus ni cœur ni larme, c'est qu'on
est trépassé. Je suis trépassée ; toi tu es vivante !
tu te maries, la joie est dans ton âme. Bonsoir
Marguerite, demain j'aurai des oignons bien cuits
que l'on me donnera à la grange du père Allard,
où l'on fait tes noces ! Mais il faut que je continue
ma prière et que le soleil me trouve à genoux,
sans ça, la chouette blanche viendrait sur toi :
Dieu te garde des chouettes blanches.

Elle retourna sans bruit d'où elle venait. La
Marguerite la vit reprendre sa première attitude.

La lune, alors à son déclin, s'était levée sur la
campagne, qu'elle éclairait de sa lumière mélanco-

lique. La Marguerite prit par pointe, ce chemin que, si joyeuse, elle avait parcouru le matin, sa main dans la main de son fiancé ! Toutes les pierres, tous les arbres de la route, lui parlaient un langage plein de mystérieux désespoir; lui rappelaient une joie envolée, un bonheur évanoui ! Plusieurs fois elle fut obligée de s'asseoir, ses jambes tremblantes refusaient de la porter ; tous les ressorts de son être semblaient distendus, et, sans le savoir et comme malgré elle, sa bouche murmurait sans cesse : Adieu, Jean-Louis, adieu !

Elle arriva ainsi jusqu'à Naves ; le bouquet était toujours attaché à la croix, dont elle embrassa le pied. Était-ce à Dieu ou à Jean-Louis que s'adressait cet ardent baiser ; la pauvre fille ne le savait guère.

A Pertu, devant la vigne de Mathier Callot, elle s'arrêta encore vaincue par son émotion : la lune donnait aux riants paysages qu'elle avait admirés le matin un aspect morne en harmonie avec l'état intérieur de la pauvre fiancée. Peut-être, pensat-elle, il passera là avec une autre promise ; Mathieu les appellera comme il nous a appelés ce matin. Oh ! que Dieu lui donne une femme qui l'aime comme je l'aimais. Il y a tant de créatures sans sans cœur, s'il allait tomber sur une de celles-là. Ah ! je ne voudrais pas le savoir.

Elle essaya de chasser ces pensées qui, toutes, malgré elle, se rapportaient au meunier, elle avait honte de songer plus à lui qu'à la pauvre vieille Mémée, qu'elle quittait peut-être pour toujours, à sa sœur qu'elle ne devait plus revoir. Mais c'était en vain qu'elle essayait de la repousser, l'image de Jean-Louis, qu'elle ne voulait pas voir, se plaçait toujours devant les deux autres qu'elle évoquait. C'est que l'âme, dans les grandes crises, est comme une femme hardie sous le masque; elle ne s'astreint plus aux convenances. Toute entière à l'objet prédominant de sa douleur, elle s'y abandonne sans réserve, lors même que d'autres objets y ont autant ou plus de droits. Il y a dans la nature humaine une loi d'amour pour soi dont on peut masquer les effets, mais que, dans le fond, on ne viole jamais. En pleurant sa sœur et sa grand'mère, la Marguerite pleurait autrui; en pleurant le meunier, elle pleurait sur elle-même. Certes elle se sacrifiait volontairement, mais cela n'empêchait point tout son être d'être révolté de s'arracher à un bonheur certain pour courir au-devant d'un malheur plus certain encore. Ce sentiment d'égoïsme, que chacun peut constater en soi, donne du prix au dévouement. Au moral, c'est là sans doute sa raison d'être.

La Marguerite marchait toujours sans être

effrayée du silence et de la solitude du chemin, et
ce fut sans crainte qu'elle entra dans le bois du
rivage, auquel cependant le jeu d'ombre et de lumière de la lune prêtait un aspect fantastique :
quand l'âme est fortement émue, les objets exté-
rieurs ne la frappent plus comme dans les temps
ordinaires.

A mesure qu'elle approchait de l'Allier, la pauvre fille sentait son cœur se serrer comme dans un
étau. Ce fut à peine si elle eut la force de héler le
batelier. Hélas ! elle allait mettre la rivière entre
elle et Jean-Louis.

Sans doute, elle était bien pâle et bien boule-
versée, quand elle entra dans le bateau, car au
clair de la lune le batelier le remarqua. Cet
homme comprit qu'il était arrivé un malheur ; il ne
fit pas à la jeune fille d'indiscrètes questions ; mais
en l'aidant à descendre, il lui serra doucement la
main en disant :

— Vous êtes une brave fille, Marguerite ; que
Dieu vous garde de tout mal ! Faudra-t-il dire à
Jean-Louis que je vous ai vue ?

— Oui, répondit-elle ; oui, dites-lui que vous
m'avez vue pleurant de le quitter toutes les larmes
de mon cœur. Dites-lui que les cinq petits inno-
cents que ma sœur a laissés prieront le bon Dieu
pour lui !

— Elle est donc morte, la pauvre Myette.

— Oui, elle est morte ! je vais à Paris pour avoir soin de sa famille.

— Encore une fois, que Dieu vous bénisse ; mais, si j'étais le meunier de la Roche-Brune, je sais bien ce que je ferais.

FIN DE LA PREMIÈRE PARTIE.

Deuxième Partie.

IX

PARIS.

La journée avait été étouffante : presque toute la population parisienne essayait de respirer le frais sur les boulevards, les places ou les promenades. Les marchands, ces forçats de la retraite, avaient eux-mêmes un instant perdu de vue le but constant de leur négoce ; debout sur le seuil de leurs boutiques, ils ne pensaient plus qu'à humer l'air du soir et regardaient presque avec indifférence les passants jeter des coups d'œil sur leurs étalages.

Certes, il fallait que la température eut été chaude.

Les plus pauvres, pour un instant, avaient déposé le collier de misère : les mansardes étaient vides ; leurs habitants couraient à la recherche de la fraîcheur.

Pourtant, au septième étage d'une maison de la rue des Blancs-Manteaux, dans une de ces étroites chambres qui reçoivent le jour par le toît au moyen d'une fenêtre à tabatière, une jeune femme, debout devant une table à repasser, continuait intrépidement sa fatigante besogne. Pour travailler ainsi dans cette atmosphère de salamandre, il fallait qu'un puissant ressort intérieur soutint ce pauvre corps, que le chagrin autant que la misère semblait avoir miné.

Sur un lit de sangle, dans un des angles de la mansarde, et sous un lambris qui touchait son oreiller, un homme jeune encore dormait d'un sommeil pénible et agité. Un rayon de la lampe éclairant ce triste réduit, se projetait sur la figure du malade, dont les teintes morbides annonçaient les ravages de la maladie.

Des vêtements d'enfants pendus à des clous près de la porte ; un grabat jeté près du lit sous la continuation du lambris, formant une niche biscornue, attestaient que l'homme et la femme n'étaient pas les seuls habitants de cet étouffoir solide. D'innom-

brables pièces de linge repassées, s'empilant à l'un
des bouts de la table, montraient que la journée
avait été laborieuse ; deux ou trois chaises, un lit
de fer, composaient, avec la table, le grabat et
l'autre lit, tout l'ameublement de cette chambre,
où la pauvre famille se cuisait ou se gelait alter-
nativement suivant la saison.

L'homme se réveilla.

—Comment ! dit-il, tu travailles encore, Marguerite ; n'en as-tu point fait assez depuis trois
heures du matin.

— Il n'est pas tard, répondit la jeune femme, je
n'ai pas fini ma tâche : les enfants sont encore à s'a-
muser dans la Place-Royale. Je les y laisse le plus
longtemps possible : là, au moins, ils n'ont pas si
chaud. Je voudrais bien que vous puissiez y aller un
peu de temps en temps, cela vous ferait du bien,
Jacques.

— Sois tranquille, Marguerite, sois tranquille,
dans peu je n'aurai plus ni chaud ni froid. Aussi
bien j'en suis content, puisque je ne puis plus être
utile à mes petits : autant vaut que tu n'aies plus
qu'eux à ta charge.

— Ce que vous dites là n'est pas bien : vous
n'êtes pas à mes crochets, puisque malgré tout
votre mal vous avez travaillé jusqu'à ce jour.

— Oh ! un beau travail, puisque c'est à peine si
j'ai gagné pour moi depuis que je suis sorti de

l'hospice, où sans toi j'aurais été forcé de mettre
mes enfants ! Mon Dieu ! mon Dieu ! que c'est donc
terrible le chagrin. Vois-tu, une fois que pour tout
de bon ça vous a mordu le cœur, il en faut mourir !
Et pourtant, j'ai fait des efforts pour le vaincre ;
mais c'est plus fort que tout.

— Cependant, Jacques, un homme ça a du courage.

— Oui, pour supporter une peine où il n'y a pas
de remords. On en a bien vu d'autres demeurer
veufs avec cinq enfants ; mais s'ils se sont conso-
lés, c'est qu'ils n'avaient pas de reproches à se
faire : un honnête homme...

La Marguerite l'interrompit.

— La mort n'est jamais accusée, dit-elle ; faut
pas vous mettre de fausses idées dans la tête.

Les yeux du malade s'allumèrent.

— Laisse donc, répondit-il ; je sais bien que c'est
moi qui ai tué ma pauvre Myette : au lieu de la
suivre au pays où elle voulait tant s'en retourner,
je me suis obstiné à rester dans cette ville maudite, où, malgré tant de privations et de travail,
nous avions moins de profit qu'à Saint-Babel.
J'espérais toujours qu'un de ces hasards, comme
il en arrive parfois à Paris, nous permettrait d'a-
masser au moins le premier paiement de ce moulin
dont j'étais entêté. Ah ! la pauvre femme, elle s'est

tuée pour me seconder dans ma folle ambition ! Elle qui eût été contente de si peu.

— Puisque vous avez ces idées, reprit la Marguerite, pourquoi, en essayant de vivre pour les enfants de la Myette, ne chercheriez-vous pas à réparer le mal que vous croyez avoir fait. Ce serait le meilleur moyen de vous faire pardonner là-haut, si, tant est, que la bonne créature ait pu conserver du ressentiment contre le père de ses petits. Tenez, Jacques, il y aurait quelque chose à faire, ce serait, lorsque nous aurons payé nos dettes, et quand nous devrions faire la route à pieds, de nous en retourner en Auvergne, d'y louer un peu de bien et d'y vivre au jour le jour, à la Providence de Dieu. Là-bas ce n'est pas comme ici; la charité n'y tombe pas d'assez haut pour faire du mal; on n'a pas besoin d'aller étaler sa misère devant plus grand que soi pour être secouru. Le nom des misérables n'est pas écrit sur des registres, mais dans le cœur de tous ceux qui les peuvent aider ! Oh ! retournons-y, Jacques, continua la Marguerite avec chaleur, et n'ayez pas peur d'y manquer de pain : ceux qui ne l'achètent pas, le donnent aisément; on nous en donnera si nous en manquons. Nos pauvres petits seraient si contents d'aller courir dans les charrères (les chemins), où l'on trouve des noix et des pommes; ils seraient si heureux d'avoir à discrétion de ces bons fruits que tous ceux qui en ont partagent avec les enfants. Croyez-moi, le séjour des grandes villes, quand on n'y est pas né, n'est bon que pour les riches, les fripons et les intrigants.

— Pourtant, Marguerite, on y a vu d'honnêtes gens faire fortune.

— Oui, mais il y en a peu! et combien de privations ont-ils dû s'imposer pour arriver à une bonne position. Leur exemple a fait beaucoup de dupes, et j'ai ouï dire que la richesse ne vaut pas toujours les peines qu'elle coûte.

— D'ici à quelque temps, je ne pourrai plus mettre d'obstacles à tes désirs.

— Mon Dieu, il ne vous en coûterait rien d'essayer du bon air de nos montagnes pour chercher à vous rétablir; mais non, vous trouvez votre charge trop lourde et vous ne cherchez qu'une occasion favorable pour la déposer; vous vous obstinez à rester ici parce que vous savez bien que tout s'y use vite et que la vie y est comme une chandelle près du foyer. Pour moi, je voudrais être loin de ce pays, où le travail est sans fin ni cesse, où l'on souffre du chaud et du froid, où la misère est cent fois plus misérable qu'ailleurs. Tenez, en Auvergne, le plus pauvre a le temps de se reposer e dimanche et de prier Dieu; ce n'est point un maudit comme dans cette ville d'enfer : il a les champs, il a le soleil, il a les fruits tombés de l'arbre.

D'une voix suppliante elle ajouta :

— Pour les enfants, pour vous, pour moi, retournons au pays !

— Non, Marguerite, répondit Jacques, avec cette obstination particulière aux malades que les longues souffrances accoutument à ne point trouver de contradicteurs ; non, quand même je le pourrais, je n'irai pas là-bas être la risée de chacun. Puis, la vraie raison, c'est que je ne veux pas laisser ma femme toute seule ici.

La Marguerite le regarda avec étonnement.

— Tu ne comprends pas, reprit Jacques, que je ne veux point être enterré tranquillement dans un coin du cimetière de notre village, avec six pieds de terre pour moi tout seul, quand ma pauvre Mie a été mêlée avec la canaille de Paris dans la fosse commune ! Oh ! non, non, je veux au moins retrouver ses os dans le charnier où l'on jettera les miens.

Il se tourna de l'autre côté comme quelqu'un qui désire finir là l'entretien. La Marguerite l'entendit pleurer. Par expérience, elle savait que les larmes soulagent le cœur oppressé ; elle laissa donc son beau-frère et descendit pour aller chercher lesen-

fants. Hélas! qu'elle était changée depuis le jour
où nous l'avons vue rayonnante fiancée, donnant
la main à Jean-Louis sur la route d'Issoire : la
pâleur a remplacé la fraîcheur de son teint, un
cercle de bistre creusé par le travail cerne ses
yeux agrandis ; ses lèvres décolorées ont perdu
l'habitude du sourire ; ses mouvements autrefois
calmes et gracieux ont quelque chose de fébrile et
de saccadé qui leur donne de la raideur. Sa mise,
quoique toujours propre, est dénuée de goût : on y
sent comme un abandon de soi-même qui attriste
l'âme.

Elle se dirigea vers la place, où jouaient quatre
des enfants de sa sœur, dont le plus âgé n'avait pas
huit ans. En la voyant, ils poussèrent un cri
joyeux. Elle s'assit sur un banc, où deux des orphelins se mirent à ses côtés. Les plus jeunes
montèrent sur ses genoux.

—N'est-ce pas, lui dit la petite Gothon,— char-
mante blondinette, un peu maladive, et que la
Marguerite affectionnait particulièrement ;— n'est-
ce pas que, dans notre pays, l'on donne pour rien
aux enfants les poires et les cerises ?

François, l'aîné, se pencha en riant à l'oreille de
sa tante :

— Elle dit que c'est toi qui as dit ça ; mais c'est

pour lui faire croire alors, car je sais qu'on ne
donne rien pour rien.

Déjà, pauvre passereau de la grande volière, il
savait que tout se paie. Le monde, pour lui, finis-
sait aux faubourgs qu'il n'avait jamais franchi,
il n'imaginait rien au-delà. Il ne savait pas que
loin! bien loin! dans la vraie campagne, où demeure la grande et bonne mère nature, il y a des
enfants qui jouissent des mêmes priviléges que les
oiseaux et les abeilles, picorant les fruits et mois-
sonnant les fleurs. Il avait bien entendu parler de
l'Auvergne; mais ce pays plein de parents incon-
nus, de moissons d'or, de hautes montagnes, d'ombre, de bonnes gens et de fruits; ce pays enchanté,
dans sa jeune imagination, prenait place à côté du
paradis terrestre dont on parlait à l'asile; il ressemblait au pays des fées représenté derrière les
vitres du marchand d'images.

Comme la Marguerite ne répondait rien, l'enfant
ajouta tout haut :

— Pour avoir les fruits, comme le reste, il faut
de l'argent, pas vrai? Quand je serai grand, j'en
gagnerai beaucoup, et il sera pour toi, ma tante,
qui es si bonne.

Il passa ses petits bras autour du cou de la Marguerite et l'embrassa à plusieurs reprises.

C'était vraiment un touchant tableau que cette

jeune femme au milieu de ces enfants, se pressant autour d'elle, compensant par les plus douces caresses le dévouement et l'amour qu'elle leur avait donnés. Ce moment lui payait toutes les fatigues du jour. La vue de ces quatre joyeuses créatures qu'elle avait disputées à la misère, à l'abandon, mettait du baume sur la plaie saignante de son cœur. Jamais, ses neveux présents, elle ne songeait au douloureux sacrifice qu'elle avait fait pour eux. Mais lorsqu'elle les avait conduits à l'asile et qu'elle se trouvait seule, travaillant dans l'étroite mansarde, sans qu'elle s'en aperçût, son âme courait à Saint-Babel, où elle reconstruisait l'image du bonheur promis et envolé. La pensée du devoir accompli retenait bien un peu les larmes que les souvenirs provoquaient, mais ce n'était pas toutefois, sans se chercher de bonnes raisons qu'elle parvenait à sécher ses yeux.

Loin de diminuer son amour pour Jean-Louis, l'absence l'avait fortifié. Le malheur l'avait enveloppé d'un sentiment de tristesse qui le rendait plus pénétrant ; l'affection traversée devient plus profonde ; elle s'augmente en raison directe des obstacles qu'elle rencontre.

Quand ces obstacles sont hors de nous, le mal est moins grand, l'espoir de les vaincre reste presque toujours ; mais, lorsque la barrière est celle du devoir que notre conscience a dressée, alors il ne reste plus que la consolation d'avoir bien fait. Consolation souvent insuffisante car, hélas ! nous sommes mieux organisés pour la douleur que pour la joie. Dans les blessures, quelque bien pansées qu'elles puissent être, il reste une tache sombre, une cicatrice toujours prête à saigner.

Après avoir fait mille caresses aux enfants, elle les emmena pour les coucher, les trois garçons dans le grabat, la fille avec elle dans le lit de fer. Quand ils furent déshabillés, elle les fit mettre à genoux, et, avec eux, fit une prière dans laquelle on demanda à Dieu le repos pour l'âme de la Myette, pour celle des aïeux, la santé pour les membres vivants de la famille; pour la vieille Mémée, pour Jacques, pour le tonton Jean-Louis. Une larme brilla dans l'œil ardent de la Marguerite lorsque les bouches enfantines de ses neveux jetèrent indifféremment ce nom chéri à la suite de leur kirielle accoutumée.

Quand ils furent endormis, elle mit sur une chaise devant le malade un pot de tisane fraîche, baissa la lampe et redescendit laissant la clef sur la porte. Elle emportait un paquet de grosses chemises soigneusement pliées.

Elle entra dans la rue Saint-Honoré, la longea

jusqu'au faubourg du Roule, qu'elle remonta, et descendit aux Ternes.

X

LE CHARBONNIER.

On a dit souvent que les peines morales sont plus cuisantes que les peines matérielles, c'est-à-dire les peines de position. Je ne sais pourquoi on établit une distinction entre elles, car, au fond, elles sont les mêmes. Excepté la faim et le dénûment, qui font souffrir le corps, tous les autres soucis s'adressent à l'âme et ne sont réellement relatifs qu'à elle. Or donc, peines de cœur, préoccupations d'existence, ne manquaient pas à la Marguerite.

Pendant son chemin, d'amères pensées occupaient son esprit, le découragement commençait à la gagner. C'était avec de grands efforts d'économie et de courage qu'elle était parvenue à tenir du pain à la famille, dont elle allait être désormais le seul appui. En ce moment elle était à bout de ressources : il faut tant de choses pour vivre à Paris ; les enfants usent beaucoup de chaussures, et elle perdait bien du temps à raccommoder leurs habits. On était arriéré avec le boulanger. Elle avait espéré jusqu'alors que son beau-frère se rétablirait et lui aiderait à soutenir les charges du ménage ; mais les navrantes paroles qu'il avait dites ce soir-là ne lui laissaient pas d'espoir. Sa garde-robe, dont elle avait démoli une partie pour ses neveux, sa garde-robe réclamait d'impérieuses réparations, et, sous peine de les perdre, il fallait être mise décemment pour aller chez les pratiques. Toutes ces difficultés, dont le présent se hérissait, accablait la pauvre jeune fille. Avec cela, une fierté qu'elle puisait dans son courage l'empêchait de songer à solliciter des secours ; d'ailleurs, l'eût-elle voulu, elle ne connaissait personne à qui elle eût osé confier sa misère.

Sa cousine, la charbonnière, celle-là qui lui avait appris la mort de sa sœur, aurait pu seule lui venir en aide, car son commerce allait bien, mais elle n'était pas la maîtresse de ses actions. Son mari, Nano Duvers, était un de ces hommes hardis et industrieux qui font sortir l'or des débris de la misère. Outre le charbon, il tenait les vieux meubles, les chiffons, la ferraille. Tombé nu du ciel sur la terre, Nano, un quart d'heure après, eût eu gîte et vêtement. Un pareil homme ne devait guère comprendre qu'on eût longtemps besoin des autres. Il n'aimait pas Jacques, n'admettant point qu'on pût toujours pleurer la mère au lieu de travailler pour les en-

fants. Cet esprit positif courait droit à son but par
le pénible mais honorable chemin du travail. Sans
dureté apparente, il savait mener sa famille comme
sa barque et être le chef véritable de la maison. La
sensibilité excessive de sa femme, sa bonté irréflé-
chie, avait peut-être contribué à développer en lui
ce caractère d'ordre et de sévère justice. Au fond,
il était meilleur qu'il ne voulait le laisser voir,
puisqu'il avait consenti à prendre chez lui le petit
Julien, dernier enfant de la Myette, que sa femme
allaitait.

Dans ces conditions, il était impossible que la
Marguerite eût recours à la famille Duvers ; c'était
pourtant chez ces parents qu'elle allait ce jour-là,
car elle s'arrêta dans la rue des Amandiers, devant
le *Grand I vert*, servant d'enseigne au charbonnier matois, qui, pour avoir su s'en servir à propos, se croyait naïvement l'auteur du calembourg
usé.

Nano Duvers n'était pas encore couché ; il écrivait au fond de sa boutique les crédits du jour.

— Ah ! vous voilà, cousine, dit-il sans se déran-
ger, en levant de dessus le registre sa figure noire
mais intelligente. Vous n'avez pas soupé, je suis
sûr ? Nous allons nous deux manger un morceau,
quand j'aurai fini ; en attendant, montez près de
ma femme ; elle doit être couchée avec les enfants,

mais elle sera bien aise de s'éveiller pour vous voir.

— J'y vais ; mais avant, dites-moi comment se porte la maisonnée ?

— Ah ! pauvre ! tout ça ne demande qu'à vivre, Dieu merci, répondit Duvers ; tout ça est gros et gras et met beaucoup de filasse à la quenouille du Catonnet, qui ne s'en plaint pas, la brave ; elle en aurait trente, à elle ou aux autres, qu'elle les aimerait, qu'elle les gâterait autant. Ce petit Julien vient comme un chêne, et c'est bravou, c'est fin comme l'ambre, ça sait se faire aimer tellement, que moi, qui ne voulais pas que la Catonnet le prît, j'en suis si *fadar* que des miens.

Sa figure se rembrunit, et il continua d'un ton railleur :

— Et le père, comment est-il, à présent ? Toujours de même, n'est-ce pas ? Tenez, Marguerite, ce n'est pas pour vous empêcher de lui donner vos soins et de le plaindre, mais ce n'est pas un homme, ça. Que diable ! quand on a cinq enfants et le bras dans la manche, on se remonte, on n'endure pas qu'une femme vienne se sacrifier pour soi et les siens.

— Ah ! il a bien fait ce qu'il a pu, il me le disait encore ce soir ; mais le chagrin, ça ne s'oublie pas comme on veut.

— Et qu'est-ce qui lui demande d'oublier son chagrin ; avez-vous oublié le vôtre, vous, pauvre? Je suis sûr que tout en pleurant vous n'avez jamais perdu un coup de fer ; voilà comme j'aime le monde, moi. Si nous n'avions pas pris son petit Julien, je lui aurais dit quand il est sorti de l'hospice : Puisque tu n'es pas mort de ta peine, tu n'en mourras pas maintenant : tes cinq petits n'ont plus que toi ; il ne s'agit plus de pleurarder, mais de se mettre à l'œuvre.

— Vous êtes sévère pour le pauvre Jacques, Nano.

— Non, Marguerite, je suis juste et je n'aime pas qu'on ne songe qu'à soi. Votre exemple aurait dû lui servir. Mais, au fait, sa douleur l'empêche de voir ce qui se passe autour de lui et de remarquer que vous travaillez trois fois plus qu'il ne faut ; que vous séchez sur pieds depuis que vous êtes ici. Quoique vous fassiez la forte, je vois bien que vous êtes malade ; il ne s'en aperçoit pas, parce que rien n'en souffre dans le ménage.

— Vous vous trompez, et vous ne savez pas combien, au contraire, il se tourmente pour les petits et pour moi.

— Allons, mettons que je me trompe ; mais j'en aurai le cœur net. Quant à vous, je vous tiens pour la plus vaillante fille que je sache. Aussi j'ai idée que votre ennui aura une fin, et pourtant nous n'avons pas de bonnes nouvelles. Montez, la Caton-net vous dira ça; nous avons vu des gens du pays.

La Marguerite ne se le fit pas répéter : son cœur battait à lui rompre la poitrine dans l'attente de ce qu'elle allait savoir de Saint-Babel.

Sa cousine l'accueillit avec cette joie bruyante et démonstrative, particulière aux enfants du Puy-de-Dôme, qui, dans les basses classes, apprennent rarement à modérer leurs impressions et se livrent sans contrainte aux penchants de leur nature simple et vraie.

— Comment! te voilà si tard? dit la charbon-nière, après avoir amplement et à plusieurs repri-ses embrassé sa cousine; as-tu faim? je vais me lever et faire cuire une omelette.

Sans attendre la réponse de sa cousine, le Caton-net était déjà à terre, avait passé son jupon et cas-sait les œufs.

Ceux qui ont dit de l'Auvergnat qu'il est avare, ne l'ont jamais connu, et c'est sans doute l'ou-vrier fainéant auquel il a refusé de laisser boire le prix de son travail qui lui a fait cette réputation. L'Auvergnat, au contraire, est généreux de sa na-ture, mais c'est parce qu'il est économe qu'il a tou-jours une pièce de vingt francs au service d'un ami. Ce porteur d'eau, ce *charbounia*, que l'on raille, élève avec les siens l'enfant d'un compatriote malheureux, fait une pension à ses vieux parents. Sa bourse et son cœur, soigneusement clos à ceux qui n'ont pas son estime, s'ouvrent facilement à ceux qu'il croit la mériter. A Paris, comme au village, la table est toujours mise pour pour la *payse* et le *pays*.

— Laisse donc, dit la Marguerite à sa cousine, je n'ai pas faim, reste couchée.

— Du tout, du tout, faut que je te fasse voir le petit : il pèse au moins vingt-cinq livres ; c'est un mouton, il croît à vue d'œil. Je ne mettrai que six œufs, puisque tu n'as pas faim. (La bonne femme, ayant conservé son appétit d'Avergne, n'imaginai pas que sa cousine eût perdu le sien.)

Tout en causant avec volubilité, la charbonnière levait le rideau d'une bercelonnette, dans laquelle dormait un gros bébé, nous ne dirons pas blanc, mais noir et rose, dont le visage rond se dessinai ur une taie d'oreiller en indienne bleue.

— Regarde ça, fit Catonnet avec admiration, en levant obliquement les bras en l'air ; regarde un peu ça si c'est beau ! Et c'est fort comme un Turc, ça se bat déjà avec les autres, quand je les prends sur mes genoux.

Elle embrassa le marmot avec une affection vraiment maternelle.

La Marguerite, attendrie, s'essuya les yeux.

— Mais tu vas le réveiller, dit-elle.

— Oh! que non, répondit la charbonnière ; des gros *poutous* comme ça, ça les fait tous dormir, au contraire, ils y sont habitués, ils sentent que je suis là.

Et après l'orphelin, elle distribua à ses propres enfants une demi-douzaine d'accolades retentissantes.

— Mon Julien, dit la Marguerite, ne saura pas s'il a perdu une mère.

— Je tâcherai qu'il ne s'en aperçoive jamais, répondit simplement Catonnet : on n'est pas riche, mais l'économie, et Dieu aidant, on élèvera toute sa marmaille et l'on aura un morceau de pain pour ses vieux jours. Ce n'est pas la gloire qui nous ruinera : nous aimons mieux mettre quelque chos de côté, pour pouvoir retourner au pays un an plus tôt, que de nous acheter de beaux habits.

— Et vous avez bien raison. Oh! le pays! on ne l'oublie jamais, n'est-ce pas? Tu en as eu des nouvelles aujourd'hui, m'a dit Nano?

— Oui, la Françon Belhomme en est arrivée depuis quinze jours : elle est venue ce matin nous voir pour nous dire que ta Mémée se porte toujours de même. La Myon-Bussière a reçu l'argent que tu

as envoyé, elle te fait dire d'être tranquille sur la
pauvre vieille.

— Oh! je n'en suis pas en peine; je connais
trop celle à qui je l'ai laissée. Et quelles autres
nouvelles dans le village? Y a-t-il des morts?

Elle ajouta avec hésitation :

— Et des mariages?

La charbonnière enveloppa sa cousine d'un regard de douloureuse commisération :

— Les langues les font et les défont facilement,
répondit-elle ; mais je n'y crois que lorsque le
maire et le curé y ont passé.

— Ha ! fit l'autre avec une indifférence affectée,
en s'asseyant pour ne pas chanceler : il y a donc
beaucoup de projets qui ne t'ont pas paru mériter
confiance.

— On dit que celle de Chambon se marie !

— Ha ! (Elle devint livide.) avec Jean-Louis,
peut-être ?

— Précisément, avec Jean-Louis. On dit qu'il
s'en est assez longtemps défendu, mais qu'à la fin,
las d'attendre, il consent...

— Cela devrait être, et je lui souhaite beaucoup
de bonheur ! Il se marie ! Et tu dis qu'il m'a attendue ?

— La Françon me l'a assuré, elle a même ajouté
que personne au monde n'aurait pu l'empêcher d'a-

dopter les petits de ta sœur et de t'épouser, si tu
ne t'étais pas cachée de lui. Et lorsqu'il a été si
malade, le père et la mère Allard disaient la même
chose, mais depuis, le vent a tourné. Après, nous
sommes à cent lieues ; tout ça c'est peut-être du
cancannage.

La Marguerite se sentait mourir. Certes ; plus
que jamais elle voyait son mariage impossible, car,
lorsqu'elle n'avait en charge que sa grand'mère,
les parents de Jean–Louis avaient mis si longtemps
à se décider, que c'eût été de la démence de penser
qu'ils consentissent jamais à la prendre pour bru,
maintenant qu'elle avait cinq personnes sur les
bras. Mais le cœur humain est ainsi fait, que les
contradictions les plus étranges s'y trouvent réu-
nies : la porte d'airain du désespoir y est souvent
ouverte par la clef d'or de l'espérance. Sans se
l'avouer, la Marguerite espérait peut-être encore,
quoiqu'elle se fût dit bien souvent que tout était
fini pour elle. Néanmoins, la pensée d'une union
avec une autre déchirait son âme : non pas qu'elle
fut jalouse, mais parce qu'elle croyait fermement
que pas une ne pourrait l'aimer comme elle l'aimait.

La charbonnière, comprenant ce qui devait se
passer dans l'esprit de sa cousine, reprit, pour
tâcher d'atténuer le coup qu'elle avait porté :

— Oui, va, c'est sans doute du *cancannage*; reprit-elle, tu sais bien que, dans les petits endroits, on n'a pas autre chose à faire qu'à parler du monde, et Jean-Louis, qui nous a fait envoyer deux ou trois lettres par le maître d'école, n'aurait pas manqué de nous faire savoir qu'il se marie.

— Mais, tu ne m'avais pas dit qu'il vous écrivait?

— Oh! c'était simplement pour avoir de tes nouvelles et connaître ton adresse; mais, comme nous en étions convenus d'abord, nous n'avons dit, à personne du pays, dans quel endroit tu demeures avec Jacques et ses enfants. Je n'ai pas cru devoir te montrer ces lettres, parce que je pensais que tu l'oublierais plus vite, si tu n'en entendais plus parler. Je croyais d'ailleurs, que tu ne voulais plus t'occuper que des enfants de ta pauvre Myette, que tu ne voulais plus aimer qu'eux?

La Marguerite rougit.

— J'en avais l'intention, dit-elle, je l'ai encore; mais, malgré moi, je pense souvent à lui.

— C'est bien naturel, reprit Catonnet en serrant avec effusion dans les siennes les mains de sa cousine; c'est bien naturel, tant que je vois que vous vous aimez tous les deux. Mais si je t'ai rapporté ces dires du pays qui, je le répète, sont peut-être faux, c'était pour te guérir en t'ôtant tout espoir.

Quand on croit son malheur sans remède, c'est une affaire de temps pour s'en consoler. Va, s'il est comme je pense, il n'épousera pas celle de Chambon.

— Celle de Chambon ou une autre, qu'est-ce que cela fait, puisque il doit finir par là; je n'aurais pas raison de m'en plaindre : il ne peut pas rester garçon.

En Auvergne, dans les campagnes, où les mœurs sont pures et innocentes, le célibat laïque est une espèce de déshonneur, surtout pour les hommes, chez lesquels il est presque toujours volontaire. Un vieux garçon y est puni, outre l'isolement, par un ridicule voisin du mépris. C'est ainsi que les villageois, plus que les autres hommes, rapprochés de la nature, ne laissent personne s'écarter impunément et arbitrairement de ses lois.

La Marguerite devait donc s'attendre tôt ou tard à ce qu'elle croyait être en train de s'accomplir.

Nano remonta en ce moment; on le mit au courant de la conversation. Il examina sa cousine du coin de l'œil, et, la voyant de plus en plus pâle, il lui dit, d'un ton de voix profond et affectueux :

— Faut pas désespérer, Marguerite, il y en a un là-haut qui voit tout et qui peut tout; (ici il regarda sa femme et se frappa à l'endroit du cœur), des amis de bonne volonté.

La pauvre fille, émue de reconnaissance, répondit :

— Je n'oublierai jamais votre bonne parole, Nano, et je vous remercie du fond de l'âme ; mais, quoique je vous paraisse faible et sans volonté, sachez que j'aime trop Jean-Louis pour vouloir l'épouser et le mettre mal avec les siens. Je sais que vous ne parlez jamais à la légère, et je crois deviner quel service vous voudriez me rendre ; je ne puis l'accepter. Qu'il soit heureux, même avec une autre !

Elle se leva pour s'en aller. Le temps lui durait d'être dans la rue. Elle déplia son paquet pour en pouvoir remporter l'enveloppe.

— Tenez, dit-elle, voilà les chemises.

Elle les compta ; il y en avait quinze.

— Voici trois francs, dit la charbonnière ; c'est ton compte, n'est-ce pas?

La Marguerite rougit :

— Vous m'offrez de l'argent, vous autres, qui faites déjà tant pour nous ; ce n'est pas bien, et si j'avais su, je ne me serais pas chargée de votre ouvrage.

— Ce n'est pas pour t'humilier que nous voulons

te payer; c'est parce que tu en as besoin et que nous pouvons le faire.

Et, ce disant, la charbonnière montra le berceau où dormait le petit Julien :

— Va, ajouta-t-elle, prends sans scrupule, au lieu d'être pour nous une charge, le pauvre ange nous porte bonheur; depuis que nous l'avons, les affaires vont mieux. Pas vrai, Nano !

Elle glissa deux pièces blanches dans la poche de sa cousine, qui s'éloigna le cœur gros, sans avoir touché au repas qu'on lui offrait avec tant de bonne grâce.

XI

LE RÊVE.

La Marguerite était venue en pleurant jusqu'à sa demeure; il lui semblait que son cœur gonflé par tout ce qu'elle venait d'apprendre avait de la peine à tenir dans sa poitrine. Des frissons ridaient sa peau ; un malaise inexprimable s'était emparé de tout son être. Quand elle se coucha, elle avait la fièvre, son sommeil fut agité et fatigant; des songes bizarres le traversèrent.

Elle rêva qu'elle était à Saint-Babel dans la maison de sa grand'mère. C'était le printemps, et au

loin, dans la plaine, une multitude d'arbres en
fleurs balançaient sous le vent leurs branches par-
fumées. Devant ses fenêtres passaient des fiancés
se donnant la main pour aller à l'église. Une musique voilée et mystérieuse, venant des lointains
échos de la montagne, avait l'air de célébrer
l'amour des couples qui, indifférents à sa peine,
allaient et venaient sans cesse devant la maison où
elle était enchaînée par le travail. Les fers à repasser brûlaient ses mains et l'ouvrage n'avançait
pas. Quatre petits enfants se roulaient auprès d'elle
en demandant du pain ; ils la tiraient par sa robe, tandis qu'une voix mâle disait au – dehors :
« Viens, tu es ma promise, le curé nous attend ;
laisse–là ces petits, ou tu me forceras à prendre
une autre femme : la fermière de Chambon m'appelle ! Viens !... viens !... c'est le jour des grandes
fiançailles. » Elle voulait voir qui lui parlait ainsi,
mais les enfants étaient devant ses pieds et l'empêchaient de faire un pas.

La scène changeait : les arbres se ridaient sous
le froid et leurs fleurs tombaient mortes, jonchant
de pétales jaunies la terre frappées de désolation.

Les couples revenaient de l'église, Jean-Louis et
la fermière marchant en tête, chancelant et le front
baissé. Devant le cortége, les musiciens, revêtus
de surplis, chantaient le *libera*. L'un de ces funè-

bres ménétriers, d'un coup d'archet, vint frapper aux carreaux de la Marguerite. Celle-ci reconnut sa sœur, échappée à la tombe, qui lui montrait les petits rampant sur le sol.

Jean-Louis tourna sur son ancienne fiancée un regard plein d'inexprimable douceur et se coucha. Tous les autres l'imitèrent : ils étaient morts ! La neige se mit à tomber, les couvrit d'un vaste linceuil, et Marguerite, saisie d'horreur, glacée de froid, ne distinguait plus que des formes vagues, s'effaçant peu à peu.

Elle s'éveilla les tempes mouillées de sueur, le cœur serré, en proie à la fièvre. Jacques, pâle comme un spectre, était debout devant son lit avec les enfants immobiles et silencieux.

Eh bien, quoi ! demanda la Marguerite, pourquoi me regardez-vous avec cet air épouvanté ? Je suis un peu malade, mais ça passera. N'ayez pas peur, pauvres enfants, tout ne vous manquera pas à la fois.

Elle voulut se mettre sur son séant, mais sa tête alourdie retomba sur le traversin. C'est égal, ajouta-t-elle, n'ayez pas peur, on peut ce que l'on veut, et je veux vivre, moi, il faut que je vous serve de mère, je l'ai promis à ma sœur. Je vivrai ; ses lèvres semblèrent murmurer une prière.

Jacques la considérait attentivement.

— Reculez-vous, lui dit-elle, je veux me lever; j'ai de la besogne à finir ce matin; mon malaise se dissipera en travaillant; il faut que j'habille les petits pour les envoyer à l'asile.

Et, plus forte que le mal, elle se leva, mit un peu d'ordre dans ce misérable réduit, lava, brossa, peigna les enfants. Jacques la regardait toujours d'un air étonné, comme si, pour la première fois, il comprenait enfin le courage héroïque de sa belle-sœur.

XII

UN AMI POSITIF.

On frappa à la porte; Nano Duvers, vêtu de la carmagnole et du pantalon de velours traditionnels, entra dans la mansarde. Il jeta à la Marguerite un regard qui voulait dire : Écoutez bien, et soyez avec moi.

Après avoir caressé les enfants et secoué la main de Jacques, il s'assit en face de ce dernier, et, sans même s'informer de ses nouvelles, il lui dit :

— Jusqu'à présent tu n'as rien fait à Paris, soit que la chance t'ait manqué, soit que tu n'aies pas su la saisir. Voilà huit ans de perdus pour l'avenir. Cependant, avec du courage on peut revenir de loin : l'occasion négligée peut se représenter : la preuve, c'est que je la ramène.

Jacques regardait le ciel ; il abaissa sur Nano un regard qui signifiait : Il est trop tard.

L'autre poursuivit :

— Tu peux faire ta fortune et me rendre service.

— Pour ça, si je le puis, ça sera avec bien du plaisir. Quant au reste...

— Les deux choses n'en sont qu'une ; voici ce que c'est. Sans qu'il y paraisse, mon commerce est devenu tellement important, que je ne puis même suffire à la surveillance des livraisons. J'ai besoin d'un homme de confiance, sois cet homme : tu auras cent francs par mois et la table, plus une petite part dans les bénéfices. Cette part s'augmentera suivant le zèle et l'intelligence que tu dépenseras pour nous. Ainsi, regarde, dans deux ou trois mois tu auras gagné de quoi renvoyer la Marguerite au pays avec tes enfants ; tu lui feras six cents francs par an, avec lesquels, travaillant un peu, elle vivra là-bas comme une reine. Cela te va-t-il ?

Jacques prit dans les siennes les mains du charbonnier, et un instant son œil terne eut un rayon d'espérance et de vie ; mais ce ne fut qu'un éclair, bientôt remplacé par l'apathie du découragement et de la souffrance.

— Je ferai tout pour t'être utile et reconnaître
ce que tu veux faire pour moi et les miens, répondit-il d'une voix qu'il s'efforçait de rendre
ferme, mais qui avait ces sons rauques et trem-
blottants, indices certains des maladies lentes et
graves.

Duvers ne prit pas garde à ces symptômes; il
reprit :

— Si tu acceptes, tu peux entrer tout de suite
en fonctions, et, cela étant, si la Marguerite veut
retourner en Auvergne, j'avancerai l'argent du
voyage.

La pauvre fille ne répondait rien ; le charbonnier
l'interpella directement :

— Voulez-vous, lui demanda-t-il, voulez-vous
revoir Saint-Babel ?

— Jamais ! dit-elle. Quand nous aurons payé
nos dettes et que je pourrai quitter Paris, je m'en
irai bien loin, dans quelque village perdu de la
montagne, d'où je n'entendrai plus parler des gens
de chez nous.

Jacques ajouta avec un triste sourire :

— Non, va, ne nous fais pas d'avance, nous
pourrions te faire banqueroute.

Nano n'eut pas l'air de comprendre, et, sur
l'heure, malgré les représentations de la Marguerite, il emmena le nouveau commis en disant :

— Laissez faire, cousine, Durant sera bientôt guéri, car, après Dieu, la distraction est le meilleur des médecins.

Pour cette nature énergique, le travail n'était qu'une distraction, un plaisir qui devait cicatriser les blessures d'un cœur déchiré.

XIII

UN ENTERREMENT AUVERGNAT.

Quinze jours plus tard, une foule silencieuse d'Auvergnats étaient réunis dans la rue des Amandiers pour rendre les derniers devoirs à l'un de leurs compatriotes, dont la bière était exposée à l'entrée de la boutique du charbonnier Duvers.

Plusieurs groupes d'hommes et de femmes s'étaient formés. Le deuil n'était pas des plus rigoureux sur le vêtement des invités, mais, à la tristesse des visages, on le sentait dans tous les cœurs. Aussi, quand parurent la Marguerite, suivie des quatre enfants du défunt, et sa cousine, portant le dernier dans ses bras, il y eut des larmes dans tous les yeux et des sanglots dans toutes les bouches.

Le pauvre Jacques était mort en aidant son patron à décharger une voiture de sacs de char-

bon de terre. Il était tombé sans pousser un
soupir, et alors que Nano le croyait en voie de
guérison.

La nature est remplie de mystères que parfois,
comme pour se jouer des prévisions humaines, elle
couvre de trompeuses apparences : le fruit qu'un
ver rongeur travaille sourdement, prend d'abord
les couleurs de la maturité et le vrai désespoir est
tranquille.

Jacques savait qu'il mourrait de sa peine. Déjà
auparavant, les déceptions de toutes sortes, les
inévitables découragements de l'âme faible, les
efforts d'une tâche sans fin, avait miné sa santé.
La mort de la Myette fut la commotion qui lézarde
en tous sens l'édifice ébranlé. Le coup qui emporta
sa femme l'atteignit mortellement lui-même : toutes
ses espérances, toute son énergie furent enterrées
avec sa Myette dans le gouffre hideux d'une fosse
commune. Alors, calme, il attendait son heure.

Une seule chose l'avait préoccupé en suivant
Duvert : c'est que la rue des Amandiers ne ressor-
tait pas du cimetière Montmartre. Timidement, il
en avait parlé à son patron, qui, en homme sage et
positif qu'il était, et pénétrant la raison d'une semblable demande, avait répondu : Tu ne penses donc
qu'à des bêtises : *Ta femme est au ciel, et le ciel
est partout.* Il avait raison, mais pourtant n'est-il

pas triste de penser que la consolation suprême de savoir qu'ils dormiront à côté de l'être aimé est souvent refusé aux pauvres. La mort les disperse comme les feuilles arrachées à la même branche, que le vent d'automne jette au torrent ou roule dans les profondeurs de la vallée. Mais là, sans doute, finit l'apparente injustice de l'inégalité des conditions : la matière reste sous la loi de l'homme, l'âme passe sous la loi de Dieu. Ces deux époux, dont la misère et le hasard ont placé les cercueils à cent francs de distance, vont se réunir dans le sein de l'Éternel !

Béni soit l'Éternel !

Les porteurs glissèrent sous la bière les longues barres de bois noir et le cortége s'ébranla. Suivant la coutume du pays, les regrets des amis ou des parents du défunt se traduisaient par des paroles pleines de pitié ou d'éloges. Il y a souvent dans ces prosopopées naïves une douleur pleine de poésie :

« Adieu, Durant, disait Nano, dans ce patois concis de la Limagne, dont beaucoup de mots sont des phrases ; adieu, tu étais plus courageux que pas un ! Pardonne-moi de t'avoir mal jugé. Je garderai ton petit Julien, et je serai son père, je te le promets. »

La charbonnière à son tour reprenait : « Je l'avais bien mandé au pays que tu mourrais, pau-

vre Jacques ; que jamais tu ne pourrais te consoler
d'avoir perdu ta Myette. Maintenant tu es avec
elle ; de là-haut, tous les deux, vous veillerez sur
vos enfants. Pour Julien, n'en *porte pas peine*
(expression du pays). » Et elle couvrait de baisers
le petit garçon, qu'elle serrait dans ses bras, et
qui, d'un air étonné, regardait cette foule gémis-
sante.

La Marguerite, plus pâle encore que de coutume,
ne disait rien ; elle pleurait en silence, et pressait
tour à tour les enfants qui l'entouraient, tenant ses
mains ou son vêtement.

Au retour du cimetière, les invités se réunirent
chez Duvers pour le repas des funérailles. Cette
coutume, empruntée des anciens, est encore usitée
chez le peuple d'Auvergne. Après avoir payé aux
morts un légitime tribut de larmes et de regrets,
exécutant à la lettre ce précepte de l'Écriture :
Pleurez, mais ne soyez pas inconsolables, » les
parents et les amis du trépassé, avant de reprendre
leur train de vie ordinaire, mangent ensemble,
comme pour serrer davantage les nœuds que la
mort n'a point encore coupés. Les convives se
comptent : un de moins, disent-ils ; serrons nos
rangs, aimons-nous davantage. D'ordinaire, les
membres désunis de la famille se rapprochent et
s'embrassent à la table funéraire.

Il y a dans la mort une haute leçon de prudence et de charité qui ne saurait être perdue pour les âmes simples. L'usage des repas, après les enter= rements, témoigne d'une philosophie chrétienne, d'une ferme croyance à la vie future, d'une sou-mission réelle aux lois immuables de Dieu.

XIV

LA VRAIE MISÈRE.

Le lendemain, tout avait repris son aspect accou-tumé dans la pauvre mansarde : les enfants re-tournaient à l'asile, et la Marguerite, quoique malade, était au travail, avec d'autant plus d'ar-deur que sa tâche devenait plus lourde, et que dé-sormais l'accomplissement en était indispensable aux orphelins. Les bonnes natures puisent dans le dévouement absolu une force surhumaine. Il y a quelque chose de grand qui flatte l'amour-propre et surexcite le courage, dans la pensée que quel-qu'un nous devra tout.

Aussi, sans mesurer ses forces, sans calculer les chances de travail, la vaillante fille se promet-tait d'être tout pour les enfants de sa sœur. L'image de Jean-Louis lui fut moins amère que par

le passé. L'abnégation entière apaise les sentiments tumultueux de l'âme et apporte une sorte
de paix qui est la première récompense du sacrifice.

La Marguerite en fit l'expérience. Elle calcula
les probabilités de son gain : elle trouva qu'en se
levant une heure plus tôt, en se couchant une
heure plus tard, en se nourrissant de soupe, de
pain et de fromage pendant la semaine, en ne mettant le pot-au-feu que le dimanche, elle pourrait,
dans six mois, regagner l'arriéré, et dans six
autres mois avoir l'argent du voyage pour retourner au pays ! Pas à Saint-Babel, mais dans un autre
village où elle trouverait à travailler de son état,
et où ses neveux auraient en abondance l'air pur,
la lumière et la liberté. Cette précieuse liberté de
sébattre sous les arbres, de courir en sécurité
dans les bruyères après la sortie de l'école.

Malgré le chagrin que lui causait la mort de
Jacques, la Marguerite se laissait aller à cette pente
insensible de l'espérance, qui souvent, au grand
scandale de nous-mêmes, nous porte à faire des
châteaux en Espagne sur une tombe à demi fermée,
et nous amène à arranger l'avenir de façon à com-
bler le vide laissé par le trépas.

Ainsi le veut la nature, du premier au dernier
de gré de l'échelle, la place de celui qu'elle entraîne

dans le mystérieux laboratoire de la mort ne reste pas longtemps vide.

Pendant quelque temps tout alla comme l'avait prévu la Marguerite ; mais, à l'automne, et alors que les dettes étaient presque payées, la petite Gothon tomba malade. Il fallut perdre à la soigner un temps destiné au travail. Les remèdes, les visites de médecin dérangèrent l'équilibre du budget et mirent le trouble dans les finances ; il fallut emprunter de nouveau, et lorsque l'enfant fut sur pieds, l'hiver, cette rude saison des pauvres, était arrivé avec son cortége de nécessités dispendieuses. Pour travailler, il fallait beaucoup de lumière, il fallait des vêtements chauds pour les petits, et surtout pour la malade. La Marguerite épuisée n'était plus que l'ombre d'elle-même, de fréquentes défaillances, un malaise constant l'avertissait de la nécessité du repos, mais les besoins du ménage étaient pour elle un aiguillon qui ne lui permettait aucune trève.

Cependant, malgré tant d'efforts, la misère si courageusement combattue entrait par toutes les portes : le pot-au-feu du dimanche avait été supprimé ; plusieurs choses indispensables, et les moins misérables du pauvre mobilier, étaient allées au mont-de-piété pour des sommes bien minimes.

Enfin, ce jour inévitable qui marque son sinistre

passage en lettres de deuil, de sang ou de boue
dans toutes ces vies de pauvres femmes honnêtes,
ayant à Paris charge d'enfants ; ce jour, où tout
crédit est épuisé, toutes ressources fermées, tout
espoir perdu, arriva pour la Marguerite. Alors elle
se dit avec effroi que la tâche qu'elle s'était donnée
excédait ses forces, qu'il était de son devoir de
recourir à l'assistance publique. Elle n'avait pas le
droit d'imposer à ses neveux les privations qu'elle
s'infligeait à elle-même, et malgré les révoltes de
l'amour-propre aux abois, elle sortit un matin
avec l'intention d'implorer des secours. Elle emmena avec elle la petite Gothon, trop faible encore
pour aller à l'école.

Quand elle fut dehors et qu'il fallut demander
des renseignements pour savoir d'abord où s'a-
dresser, la pauvre fille se trouva dans un cruel
embarras. Dans le quartier, elle ne connaissait que
ses pratiques, auxquelles l'aveu de sa misère inspi-
rerait des craintes au sujet de l'ouvrage. Quant à
ses fournisseurs, elle devait à chacun d'eux une
petite somme, et, en conséquence, elle n'osait
même passer devant leurs portes.

Elle pensa à sa cousine, la bonne Duvers ; mais
faible comme elle était et avec l'enfant sur les
bras, elle ne pouvait faire une aussi longue course
pour l'aller trouver. Si elle avait eu six sous, elle

aurait pris l'omnibus, mais elle ne les avait pas.

Une église était ouverte sur sa route : machinalement elle y entra, mit la petite sur une chaise des bas côtés, et, s'agenouillant devant elle sur la dalle, se mit à prier avec ferveur. Sous l'action bienfaisante de la chaleur du saint lieu, l'enfant s'était endormie. On célébrait un mariage, et l'orgue murmurait des mélodies voilées et mystérieuses comme un chant d'amour.

De sa place, la Marguerite pouvait voir le couple agenouillé. La jeune fille était belle et recueillie, sous les flots et les bouillons de mousseline et de satin dont elle était enveloppée comme d'un nuage vaporeux. Le jeune homme était un capitaine à l'air fier et martial; il regardait avec joie son épousée, qui, de temps en temps, levait sur lui ses beaux yeux noyés de douces larmes.

Derrière eux, étaient deux femmes richement vêtues, qu'à l'ardeur de leurs prières, aux regards attendris qu'elles jetaient sur le jeune couple, on devinait être les mères ; puis des parents, des amis, des invités respirant la joie, des ondoiements sans fin de soie, de velours, de plumes légères, de diamants, de fleurs, en un mot : tous les reflets châtoyants de la richesse.

La pauvre Marguerite était navrée : elle ne priait plus ; ce bonheur, ce luxe qui s'étalaient sous ses yeux, comme pour lui faire sentir son malheur et sa misère, troublaient son esprit et faisaient passer d'étranges pensées dans son cerveau.

La musique la bouleversait et lui rappelait le pays! Pourquoi? — Qui pourrait dire par quel contact mystérieux une note va remuer les fibres de l'âme? Toujours est-il que les soupirs de l'orgue semblaient à la Marguerite le murmure des brises printanières jouant avec les arbres en fleurs sur la route d'Issoire. Un *tremolo* expressif lui rappela la voix de Jean-Louis, dans le rêve étrange qu'elle avait fait, le jour où son beau-frère avait quitté la maison. Elle sentit que le délire la gagnait; elle se leva, prit l'enfant toujours endormi et sortit de l'église pour échapper aux visions qui se heurtaient dans sa tête.

Une foule de somptueux équipages stationnaient devant la porte. Marguerite eut la pensée d'attendre la sortie de la noce pour... Mon Dieu, dit-elle, c'est bien affreux, mais cependant il faut que les enfants aient du pain ce soir. Elle n'attendit pas longtemps, le cortége parut; le marié jeta une poignée de pièces blanches. Des nuées de gamins s'abattirent dessus, et, en une seconde les ramassèrent, avant que la Marguerite eut eu le temps de quitter sa place. Déjà toute la noce était dans les voitures, dont une foule de pauvres, sous prétexte de les fermer, assiégeaient les portières.

De nouveau elle rentra à l'église et chercha, parmi les personnes qui s'y trouvaient, une figure qui lui inspirât assez de confiance pour oser l'aborder. Mais dans cette recherche, la Marguerite ne trouvait rien que d'affreux battements de cœur.

Enfin elle avisa la loueuse de chaises dont la mise simple et la contenance tranquille l'enhardirent. L'œil béat de la dévote, tout à l'heure perdu dans une vague contemplation, s'était, par hasard, arrêté sur elle et sur la jolie petite Gothon.

— Madame, lui dit la Marguerite à voix basse, je voudrais vous dire quelque chose.

— Parlez, mon enfant, répondit la loueuse d'un ton protecteur.

— Mais, madame, dans l'église...

— Cela ne fait rien si la chose dont vous avez à m'entretenir se rapporte au service de Dieu.

— Cela ne se rapporte qu'à moi, madame, mais vous feriez une bonne œuvre de vouloir m'écouter!

— Dans ce cas, ma fille, permettez-moi de finir mon oraison. La loueuse de chaise reprit sa pose méditative et son regard se cloua sur le soulier d'or d'une petite sainte, souriant au fond d'une niche bleue, émaillée d'étoiles.

La Marguerite attendit une demi-heure encore, une demi-heure d'affreuses anxiétés ! Elle arrangeait, dans sa tête, toutes sortes de belles paroles qu'elle croyait propres à toucher sa future protectrice ; mais, aussitôt que celle-ci faisait un mouvement, la pauvre fille, tremblante, se levait et ne se souvenait plus de rien. Enfin la loueuse de chaises sortit. Sur un petit signe, elle la suivit dans son logement de la rue Neuve-Saint-Eustache.

La pauvre solliciteuse se tenait debout, les yeux baissés, attendant qu'on l'interrogeât sur le motif de sa démarche. De son côté, la loueuse de chaises attendait que l'inconnue s'expliquât. Il s'ensuivit un pénible silence que la dévote rompit enfin. Je sais ce que c'est, dit-elle d'une voix pénétrante, mais ferme, je devine ce qui vous amène... vous êtes une de ces malheureuses filles-mères que les charges du libertinage conduisent à la mendicité ! Si cependant, comme je le crois, il vous reste une lueur de bons sentiments, on pourra placer votre fille dans un ouvroir, tandis que vous irez tremper votre âme dans les eaux salutaires du repentir. Et, satisfaite de son petit exorde, la brave dame s'en récompensa par une prise de tabac.

— Mais, madame, objecta la Marguerite, je ne suis pas ce que...

L'autre l'interrompit : Ne niez point, c'est inutile ;
à tout péché miséricorde. Le véritable repentir est
une autre innocence. Je verrai les dames patro-
nesses de l'œuvre des Filles perdues ; j'ose dire
que j'ai quelque crédit auprès d'elles, j'ai tout lieu
d'espérer...

— Mais, madame...

— L'abbé Richani vous donnera les certificats
nécessaires à votre admission au couvent des Re-
penties. L'œuvre se chargera de votre enfant, car,
ce serait vraiment dommage de ne pas arracher
cette jolie petite fille à la destinée qui l'attend.

— Madame, je vous en prie, laissez-moi vous
expliquer...

— Ce n'est pas nécessaire, ma fille : l'histoire est
toujours la même. Trente autres malheureuses me
l'ont racontée avant vous : vous étiez jeune, vous
arriviez de votre pays...

— J'élève les enfants de ma sœur, cria la Marguerite, honteuse et indignée des suppositions de
la loueuse de chaises, j'en ai *quatre* à ma charge !
je n'ai jamais manqué à l'honneur, j'ai travaillé
tant que j'ai pu pour nourrir mes neveux ; je tra-
vaillerai encore. Aujourd'hui, je n'ai plus de pain
à leur donner, et je venais vous demander, madame, comment il faut faire pour être admise au

bureau de bienfaisance. En disant ces dernières paroles, elle ne put retenir ses larmes.

— Alors, c'est différent, dit la loueuse de chaises, fâchée d'avoir dépensé en pure perte la monnaie courante de son éloquence de sacristie ; c'est différent, mademoiselle, si vous êtes honnête, je ne puis rien pour vous. Adressez-vous aux sœurs de Saint-Vincent-de-Paul, la bienfaisance est leur affaire. Elle lui donna une adresse. La Marguerite redescendit.

XIV

PRÈS DU BONHEUR.

Les bonnes sœurs sont toujours visibles aux pauvres, et, quoique habituées aux obsessions de la hideuse misère grouillant dans les cloaques de Paris, ces colombes du ciel, qui passent et repassent sans cesse, sans y souiller leurs ailes, au milieu des fanges de l'humanité, ces saintes femmes ont acquis une rare expérience du malheur. A première vue, elles pourront dire si celui-là est le fruit de l'inconduite et celui-ci de la fatalité, que, dans leur saint langage, elles appellent les épreuves de la Providence. Bonnes pour

tout ce qui souffre, elles savent néanmoins rester
justes et trouver, pour l'infortune de la vertu, des
paroles plus douces, des remèdes plus efficaces.

Quand la Marguerite s'y présenta, la sœur Marie
était au bureau. C'était une femme d'environ
soixante ans, vieillie sous le harnais de la charité :
grande, pâle, maigre, on eût dit que son corps,
autrefois robuste, s'était usé au contact de toutes
les souffrances qu'elle avait soulagées. Son regard,
triste et doux, était rempli de bienveillance.

Elle fit asseoir la Marguerite, caressa l'enfant,
et adressa quelques timides questions à l'une et à
l'autre. Au bout d'un quart-d'heure, toutes deux
étaient si délicatement amenées à la confiance que
la petite fille jouait avec le rosaire de la bonne
sœur, et que la tante lui racontait sa vie. Quand
la Marguerite en eût fini le simple récit, quand elle
eut dit son sacrifice, la religieuse émue, essuya
furtivement une larme, et, tout en glissant une
pièce de cinq francs dans la main de la solliciteuse,
elle la serra en disant : Dieu vous bénira, mademoiselle. Ayez confiance, je vous porterai sur le
registre au rang des infortunes imméritées ; vous
n'aurez plus besoin de demander des secours, les
secours viendront vous trouver. Vos orphelins au-
ront des vêtements chauds pour cet hiver, et je
tâchèrai de vous procurer un travail lucratif. Allez

et priez pour la conversion des pécheurs : le bon
Dieu doit agréer vos prières.

— Qu'ai-je donc fait, dit la Marguerite attendrie,
pour mériter tant de bontés, madame?

— Vous avez été volontairement malheureuse :
Dieu est juste, et le bonheur ne doit pas être loin
de vous.

Et, sur cette douce prédiction, sœur Marie quitta
sa nouvelle protégée.

Pour retourner chez elle, la Marguerite prit
l'omnibus. Pendant le trajet les paroles de la
religieuse sonnaient agréablement à son oreille.
L'aumône dont elle s'était, si longtemps, fait un
fantôme affreux, lui apparaissait maintenant sous
les traits de sœur Marie, comme un don discret ou
un prêt délicat. L'aumône du travail ne pouvait
l'humilier et elle se promettait bien de n'en pas
accepter aussitôt qu'elle pourrait faire autement.

Ce fut avec bonheur qu'elle acheta les provisions
d'un modeste dîner pour elle et les enfants. En
passant devant la loge du concierge, elle regarda
au clou, si sa clef y était, ne la voyant pas, elle
pensa que les enfants étaient rentrés de l'école et
elle se réjouit de leur faire voir la pitance qu'elle
apportait.

Les petits, en effet, étaient dans la mansarde. A
travers la cloison elle les entendait parler. Elle

entra, ses neveux n'étaient pas seuls. Jean-Louis était là, dehout devant elle. Nano était avec lui, mais elle ne l'aperçut pas d'abord. En ce moment de ravissante surprise, l'être aimé absorbait tous ses regards comme il absorbait toute son âme.

La Marguerite n'en pouvait croire ses yeux ; elle pensait faire un rêve et demeurait immobile, sans pouvoir faire un mouvement. Enfin, prise de vertige, blanche comme une morte, elle alla, en chancelant, tomber sur une chaise.

Jean-Louis courut à elle, lui prit les mains : elles étaient glacées ; il les mit devant sa bouche pour les réchauffer de son haleine.

— Ah ! pauvre mie, lui disait-il d'une voix pleine de larmes, ne sois pas malade à présent qu'il va falloir partir !

— Partir ! répétait la Marguerite d'une voix faible, partir ! Revoir Saint-Babel, m'en retourner avec vous et les enfants de la Myette ? vous savez bien que cela ne se peut pas !

— Crois-tu donc que je serais venu pour autre chose que pour te chercher ? Est-ce que je serais là si tu n'étais pas toujours ma promise ? Mais tu ne sais donc pas que mes parents attendent les enfants et toi.

La Marguerite tombait du ciel.

— Décidément, se dit-elle, c'est un rêve, et je vais m'éveiller.

Jean-Louis devina son incrédulité.

— Tu as peine à croire cela, n'est-ce pas? lui dit-il, et je le comprends; mais je te raconterai plus tard comment et par qui nous vient tant de bonheur.

— Comment, dit Nano, ce n'est donc pas ma lettre qui t'a fait venir?

— Ta lettre? je ne l'ai pas reçue; je n'étais pas à Saint-Babel. Tu m'as donc écrit?

— Je crois bien, quatre grandes pages qui parlaient comme un almanach. On nous avait dit que tu épousais celle de Chambon, et moi je ne trouvais pas cela à propos.

— Que le diable m'emporte! si jamais j'ai songé à cette fille-là.

— Pourtant, reprit la Marguerite, il n'y a pas bien longtemps, j'ai rêvé que vous étiez marié avec elle. Le proverbe a donc raison : « Tout songe, tout mensonge. » Alors c'est bien vrai que nous allons partir; c'est bien vrai que vous adopterez ces pauvres enfants et que votre mère ne s'y opposera point? Mais c'est trop de bonheur à la fois.

La petite fille frappa joyeusement dans ses mains :

— Nous allons aller dans ce bon pays, dans notre pays, où l'on ne vend ni les poires ni les pêches...

Et elle se mit à sauter de joie. Ses frères l'imitèrent.

Jean-Louis les prit tour à tour dans ses bras.

— Oui, leur dit-il, vous allez venir, avec votre tante, demeurer au moulin de la Roche-Brune, où il y a tout plein de poules qui pondent des œufs frais pour les enfants.

— A la Roche-Brune, reprit Petit-Pierre, le cadet, à la Roche-Brune, c'est chez mon *tonton* Jean-Louis.

— Le tonton Jean-Louis ? mais c'est celui-là, reprit François, en désignant le meunier.

— On vous a donc parlé de moi ? demanda Jean-Louis.

— Oui, répondit la petite Gothon ; on nous a dit que vous étiez *brave* et qu'il fallait vous aimer bien.

Jean-Louis dévorait de baisers les mains de l'innocente, dont la bouche faisait de si douces indiscrétions.

— Allons, dit Nano, vous aurez bien le temps de vous parler plus tard. Maintenant faut faire les paquets et quitter ce chenil. Quand vous aurez mis de côté ce que vous voulez emporter, je viendrai

chercher le reste avec ma voiture; je le vendrai
et je vous en enverrai l'argent là-bas.

Jamais un Auvergnat ne perd rien; il sait tirer
partie des pièces les plus misérables d'un mobilier :
en les démolissant, il en utilise les éléments à
quelque spécialité particulière dont il a le mono-
pole. C'est ainsi que les bric-à-brac qui, presque
tous, se recrutent parmi les enfants du Puy-de-
Dôme, s'enrichissent des débris de la misère.

Tout fut bientôt prêt pour le départ. Nano emmena les enfants; Jean-Louis resta près de la
Marguerite. Pour le rendre, elle voulait terminer
son travail.

Dès qu'ils furent seuls, les deux fiancés n'osèrent
plus se parler. La Marguerite se mit à repasser,
Jean-Louis, pour se donner une contenance, lui
présentait les fers.

Après une longue séparation, il faut que l'âme
s'accoutume de nouveau à l'être aimé. L'expansion
ne peut naître que de l'habitude; mais entre deux
cœurs épris, la chaîne interrompue est vite re-
nouée : peu à peu, le temps de l'absence semble
s'effacer de la vie. Il prend les proportions d'un
rêve, et le lendemain du retour, semble le lendemain du départ. Alors viennent les questions de
toutes sortes, les racontances sans fin, les étonne-
ments, les protestations cent fois répétées, mille

charmantes niaiseries qui vous ravissent maintenant et vous auraient choqués à la première heure.

Le meunier et la Marguerite demeuraient donc l'un près de l'autre, échangeant des sourires, pleins de tendresse de la part de la fiancée, pleins d'affectueuse inquiétude de la part de Jean-Louis. Malgré la joie débordant de son cœur et rayonnant dans ses yeux, la souffrance tirait les traits amaigris de la Marguerite, et sa pâleur augmentait à chaque instant. Elle fut obligée de suspendre sa besogne. Tant de bonheur, après tant de souffrance, lui avait fait mal, et la réaction se traduisait par un malaise qu'elle tachait de dominer. Ce n'est rien se disait-elle, et sa pensée courait joyeuse au-devant de l'avenir. L'espérance lui ouvrait ses portes d'azur, au-delà desquelles, se dressait le moulin de la Roche-Brune avec sa grande basse-cour close d'aubépine. Dans un coin, près de la grand' porte elle revoyait la charrette de Jean-Louis, cette charrette où était la petite place réservée à la grand'mère par la piété filiale du fiancé, cette charrette qui l'avait ramenée d'Issoire. Elle entendait le ruisseau profond roulant sur les cailloux noirs ; elle voyait picorer la volaille ; elle entendait chanter les oiseaux sous les ormes gigantesques qui abritaient le moulin ; elle jetait un regard furtif dans une chambre mystérieuse dont les rideaux

blancs, devaient défendre son bonheur des regards
indiscrets.

C'était comme un joyeux panorama dont les
mobiles tableaux se succédaient dans sa tête. Elle
se voyait traversant Saint-Babel, et la vue de toutes
ces maisons amies, d'où les habitants lui envo-
yaient des sourires, réjouissaient ses yeux. Quelle
différence avec Paris ! ! !

Jean-Louis semblait, au contraire, scruter le
passé et en chercher la trace sur chaque pièce du
misérable mobilier. Cette lampe de cuivre repré-
sentait les veilles ; et, ne parlait-il pas éloquem-
ment des ardentes prières de l'absence, de ses
espérances et de ses découragements, ce grand
crucifix de plâtre, au pied duquel, avec une branche de buis pendait la moitié du bouquet cueilli
devant Nave sur l'églantier du souvenir ! Ah !
pauvre Marguerite, qu'elle a dû souffrir, se disait
Jean-Louis, en considérant l'étroite mansarde ou
pour entrevoir seulement un pan du ciel, il fallait
lever la tête.

Oh ! oui, elle avait souffert, cette fille de la campagne, habituée aux grands arbres, aux larges
horizons de cette belle Limagne, dont le souvenir
se burine au cœur de l'émigrant, pour le soutenir
par l'espérance du retour.

Le paysan d'Auvergne ne ressemble pas aux

autres paysans : il est sensible aux beautés de la nature et goûte les charmes de la vie libre. Moins âpre, moins dur au travail que le paysan du Nord, il prend le temps d'admirer ce qui est beau, de goûter ce qui est bon. Au pays, il est aussi modéré dans son travail qu'il est actif à Paris, et cela se conçoit : ici il court à son but ; là-bas, il y est arrivé. Il ne compte plus les jours que Dieu lui donne, il en jouit. C'est un philosophe sans le savoir, il y a en lui du lazaronne et du poëte : Que de fois, dans mes promenades solitaires, j'ai rencontré le laboureur s'en retournant au logis, l'œil fixé avec admiration sur la traînée d'or laissée dans le ciel par le soleil couchant, et sur laquelle les peupliers de la route détachent leurs silhouettes hardies et leur feuillage délicat.

O rives de l'Allier ! ô Limagne ! heureux celui qui vécut toujours sans vaine ambition à l'ombre de tes grands arbres, au milieu de tes hospitaliers habitants, dans tes hameaux primitifs, où le torrent des affaires n'a pas encore roulé ses vagues d'égoïsme, où tout le monde a le temps d'obliger son voisin, de soigner son ami. Heureux celui qui, né dans un village d'Auvergne, ne perdit jamais de vue le clocher de son église.

XVI

REGARD EN ARRIÈRE.

Les paquets étaient déjà faits pour le départ, Jean-Louis alla détacher de la muraille le bouquet et le crucifix dont il baisa les pieds, en jetant à la Marguerite un regard plein de pitié pour le passé et de douces promesses pour l'avenir.

Mais la pauvre fiancée n'en pouvait plus, la fièvre brûlait ses mains et glaçait son corps de frissons douloureux. Le bonheur me trouble, dit-elle, je ne sais ce que j'éprouve, je suis malade. C'est trop de joie, en un jour, je n'y puis croire, expliquez-moi comment tout cela peut être vrai, Jean-Louis, mes idées sont toutes confuses ; j'ai mal à la tête. Oh ! ce ne sera rien, je vais me reposer un peu et vous allez me raconter par quel sortilége vous avez obtenu le consentement de vos parents ? Il faut vraiment qu'une fée se soit mêlée de nos affaires.

— Tu ne crois pas si bien dire, reprit Jean-Louis, et c'est bien une fée véritable qui nous procure tant de joie : Te souviens-tu de ma sœur de lait, cette jolie Valentine de Roche-Brune qui, sans souci de sa grande naissance, s'en allait avec les filles de Saint-Babel, allait courir dans les champs de blé mûr, pour ramasser des bluets et des coquelicots qu'elle mettait sur ses cheveux blonds.

— Je m'en souviens, répondit la Marguerite, c'était une bonne petite demoiselle qui vous aimait bien, vous la portiez sur vos épaules pour passer le ruisseau, vous l'aimiez bien aussi et vous alliez lui dénicher des nids dans les plus hautes branches.

Le meunier poursuivit :

— Te souviens-tu qu'un jour, elle quitta Saint-Babel, après s'être marié à un petit *noirot* qu'on appelait le marquis et qui aussi riche qu'un prince, et aussi généreux.

— Je me souviens de tout cela. Comme tous les gens du pays, j'ai regretté la demoiselle du château, si affable et si douce pour tout le monde. Il me semble la voir encore avec sa robe nankin, son canezou blanc ruché de tulle, son grand chapeau de paille garni de fleurs des champs. Plus tard, à la mort de son père, je l'ai revue : elle portait dans ses bras un enfant, mais elle était bien changée alors. Sous ses riches habits de deuil, elle ressemblait à la bonne Vierge blanche qui regarde dormir son Jésus dans la grande chapelle de l'église d'Issoire. Pauvre petite dame, son bon et doux sourire d'autrefois avait alors quelque chose de si triste, qu'on eut mieux aimé la voir pleurer que de la voir sourire ainsi.

— C'est que le malheur avait passé par là, et
que le malheur, comme la maladie, marque la
place où il s'est arrêté. Et vois, comme dans la vie,
il y a des choses étranges : cette pauvre femme, si
malheureuse et si fort à plaindre que tu frémirais
si tu savais son histoire, n'a eu qu'un geste à faire
pour nous donner le bonheur.

— Comment cela ? demanda la Marguerite.

— Tu sais que lorsque tu fus partie, je devins
bien malade, et que, si j'ai été sauvé c'est grâce
aux prières de la Myon Bussière, qui ne m'a pas
quitté une minute, passant les nuits à me soigner et
à dire son chapelet auprès de mon lit. Oh ! c'est
une brave femme qui m'a bien consolé, ou du
moins m'a fait prendre patience.

Quand je fus guéri, il me semblait que la terre
était vide comme mon cœur ; je n'avais plus ni
âme, ni volonté, ni courage. En songeant que mes
parents ne consentiraient jamais à notre mariage,
je les haïssais presque.

— Oh ! mon Dieu ! fit la Marguerite scandalisée,
vous, autrefois si sage et si bon, vous aviez maintenant des sentiments si mauvais ! Est-ce possible ?

— Si c'est possible ? répéta Jean-Louis ; mais
alors, tu ne sais donc pas comme je t'aimais ; tu
ne sais donc pas qu'en t'en allant, tu avais comme

emporté tout ce qu'il y avait en moi de juste et de raisonnable ! J'étais fou.

Parfois, croyant m'étourdir, je travaillais comme un furieux. La semaine d'ensuite, je restais tout le temps au bord de l'Allier, sans faire autre chose que de regarder couler l'eau, ou bien je m'asseyais sous la vigne de Mathieu, attendant tout le jour qu'un marinier de Brassac vint à passer dans son bateau en chantant la complainte qui t'avait fait peur.

J'avais des entêtements ridicules, puis, tout à coup, je me laissais mener comme un enfant, vivant avec ma peine, n'en parlant à personne, mais ne faisant attention à rien de ce qui se passait autour de moi. Ce fut dans un de ces moments que ma mère pensa à me donner une autre femme, et elle convint de tout avec la fermière de Chambon : tu sais que toujours ça avait été leur idée.

Ce fut mon père qui m'en parla.

Oh ! ma mie, je ne peux pas te dire ce qui se passa en moi quand il me proposa cette chose. Des flots de colère me montaient du cœur à la tête : j'avais envie de m'ouvrir l'estomac avec mon couteau, là, devant lui, pour lui montrer comment était impossible ce qu'il croyait si simple.

La Marguerite frissonna.

— Oui, poursuivit Jean-Louis, je me serais tué peut-être ; mais la Providence, à cause de toi sans doute, veillait encore sur moi. J'étais là planté comme un pieu devant mon père, qui pensait sans doute que je réfléchissais à ce qu'il venait de me dire. La Cibo passa. Voyant la fenêtre ouverte, elle se pencha à l'intérieur et me cria :

« Pourquoi donc n'es-tu pas avec la Marguerite ? Prends tes habits de soldat, ton grand sabre et va la chercher ; tue la chouette blanche qui l'a emportée là-bas, là-bas, où l'on a peur ! où la lune terne vous regarde de son œil de sang. Va la chercher, Jean-Louis, va, et ramène-la vite ; dis-lui qu'il me faut une autre robe : à force de prier Dieu pour elle, j'ai usé aux genoux celle qu'elle m'avait donnée. »

Je n'écoutais plus la pauvre folle. Ses premiers mots m'avaient donné une idée ; sans rien répondre à mon père, je courus à Clermont et je m'engageai.

Pour la première fois depuis ton départ, je goûtais une sorte d'affreuse satisfaction, quand avec ma feuille de route dans ma poche, je revins pour dire adieu à ma famille.

Il ajouta tout honteux :

— Oh ! Marguerite, crois-tu, qu'à force de souf-

frir, j'étais devenu mauvais : les larmes de ma
mère ne me firent rien; les menaces de mon père
me firent rire, ce qui ne m'était pas arrivé depuis
longtemps.

— Mais, c'est horrible ce que vous dites-là,
Jean-Louis !

— C'est la vérité, pourtant. Ma pauvre mère, ne
sachant plus par quel bout me prendre, et ne voulant pas absolument me laisser partir, me mena
chez ma sœur de lait, sous prétexte de lui faire
mes adieux. Je ne sais ce que je lui dis de toi, mais
quand j'eus fini de parler, elle était toute en larmes,
et comme la Cibo elle s'écria :

— Va la chercher et rends la aussi heureuse
qu'elle le mérite.

Puis elle donna à ma mère, pour l'aller vendre à
Clermont, une bague qui devait servir à me racheter et à payer chez nous la pension des petits
de ta sœur.

Ma mère croyait réellement que Valentine avait
perdu la tête de vouloir faire tant de choses avec
l'argent d'un seul bijou. Elle crut rêver quand
l'orfèvre lui en donna quinze mille francs. Deux
mille ont payé mon coup de tête, les treize autres sont placés au nom des enfants Durant.
Pour rien au monde je n'y voudrais toucher : ma
mère pense que nous jouirons des revenus; je la

laisse dans son erreur, ainsi que mon père, puisque cela leur est doux à croire. Avec toi, ma bonne Marguerite, j'aurai du courage comme quatre : je n'ai besoin que de mon moulin et de mes bras pour élever notre famille, nos enfants, car tes neveux seront les miens.

— Êtes-vous bon, mon Dieu ! êtes-vous bon, disait la Marguerite. Et combien madame Valentine mérite notre reconnaissance ! Tout cela ressemble aux histoires qu'il y a dans les livres ; j'ai peur de ne pas être bien éveillée. Il me semble que je ne reverrai jamais Saint-Babel. Allons chez Duvers ; je me coucherai un peu dans le lit de ma cousine, car je suis toute tremblante et je vois bien que je ne puis finir mon ouvrage : la concierge ira le reporter chez mes pratiques.

Jean-Louis lui donna la main pour descendre. Arrivés dans la rue, la Marguerite fut saisie de vertige. Il fallut prendre une voiture pour la conduire chez le charbonnier. Quand ils y arrivèrent, la pauvre fille était presque sans connaissance.

Appelé à la hâte, le médecin déclara qu'elle avait la fièvre cérébrale.

XVII

PRÈS DU TOMBEAU.

Tomber du faîte des plus hautes et des plus fermes croyances de bonheur, dans les alternatives torturantes de faibles espérances et de désespoirs insensés, c'est être doublement à plaindre. Assister au combat que se livrent la vie et la mort dans un être aimé, c'est plus que mourir soi-même.

Tel fut l'état de Jean-Louis pendant tout le temps que dura la maladie de la Marguerite. Il ne la quitta presque point, passa toutes les nuits à son chevet, rafraîchissant sans cesse, par des compresses d'eau glacée, la tête brûlante de la malade. L'œil ardemment fixé sur elle, il suivait avec angoisse les progrès de la maladie, pesait avec effroi les chances de salut qui devenaient de plus en plus rares. A peine touchait-il à la nourriture que la bonne charbonnière lui préparait.

Il n'entendait aucun des bruits du dehors; seule la respiration pénible de la Marguerite remplissait son oreille troublée. Toutes les puissances de son être s'étaient concentrées en elle; cette étroite chambre où elle agonisait était le monde pour lui.

Le médecin, touché d'une affection si vive, d'un

désespoir si vrai, quoique silencieux, le médecin craignait de lui communiquer ses prévisions, et Jean-Louis n'osait ni ne voulait l'interroger. Cramponné à un lambeau d'espoir, dont il sentait le néant, il cherchait à se tromper lui-même.;

Ceux qui ont dit que l'incertitude d'un malheur est plus douloureuse que n'en est la confirmation, n'ont jamais perdu, ou craint de perdre, un être vraiment aimé. Cette certitude avec laquelle commence la consolation, n'est un soulagement que dans les malheurs absolument personnels. Aussi Jean-Louis ne demandait-il rien ; parfois même, après avoir essayé de surprendre sur son visage la pensée intime du docteur, il tenait les yeux baissés pendant tout le temps que durait la visite.

Un délire constant faisait parler la pauvre Marguerite, et, vingt fois par jour, elle révélait à son fiancé les trésors de tendresse, de dévouement et de vertu caché dans son âme. Toujours occupée des orphelins, elle se mettait sur son séant, et, tremblante de fièvre, faisait toute la mimique du pénible travail que chaque jour elle exécutait naguère. Tantôt elle avait l'air de rincer du linge, puis elle le tordait avec effort ; d'autres fois, elle semblait repasser, et alors des gouttes de sueur tombaient en pluie douloureuse de son front brûlant. Souvent, pendant ces simulacres du labeur quotidien, les lèvres livides de la mourante murmuraient des prières qu'elle croyait faire répéter aux enfants et où le nom de Jean-Louis revenait sans cesse. Ce nom, elle le prononçait avec une voix si douce et si touchante, que le meunier pleurait toujours en l'entendant.

Un soir, en hochant la tête, le docteur partit sans rien ordonner. Devant le lit où agonisait la Marguerite, les petits, voyant pleurer la charbonnière, se mirent à pleurer avec elle. Jean-Louis comprit que la science avait dit son dernier mot, que tout espoir était perdu du côté des hommes : il se leva et alla vers la fenêtre. La lune versait les flots de sa pâle lumière dans la rue déserte. Le vent d'automne gémissait dans l'âtre ; il sembla au meunier que la nature partageait son deuil. Il avait froid, il avait peur de quelque chose de mystérieux et de fatal qu'il sentait venir et qui n'avait pas de nom dans sa pensée. « Pourtant, se dit-il, en plongeant son regard dans le ciel immense, il y a Dieu au-dessus de tout ! » Il se mit à genoux et pria. Un hoquet funèbre le rappela près du lit.

—O toi, dit-il, en appliquant ses lèvres ardentes sur les pieds du crucifix de plâtre apporté de Saint-Babel et que l'on avait mis sur la commode pour l'extrême-onction donnée à la Marguerite depuis le matin, ô toi, qui fus un homme, tu com-

prendras mieux ma peine, sauve-la, sauve-la, ou
fais-moi mourir avec elle.

— Et ta mère ! Jean-Louis, demanda la charbonnière, d'un ton de doux reproche.

— Ma mère ! répondit-il en sanglottant, je l'avais
oubliée, que la sainte Vierge me le pardonne.

Une pensée lui vint ; il se remit à genoux et fit
vœu, si la Marguerite guérissait, d'aller nu pieds,
de Saint-Babel à Notre-Dame de Ronsières, porter
sa croix d'honneur à la Vierge miraculeuse de
cette chapelle renommée.

La mourante fit un mouvement, il lui prit les
mains ; elles étaient de glace !!!

— Ni Dieu, ni sa mère ne m'ont entendu, dit-il ;
elle va mourir... Marguerite ! Marguerite ! Parle-
moi ! M'entends-tu ? Parle-moi !

Et pris de vertige il cherchait à se briser la tête
aux angles du lit.

Averti en hâte par Nano, le prêtre qui avait reçu
la confession de la pauvre fille venait lui donner
une dernière absolution. Il lui fallut toute l'autorité
de son saint caractère pour contenir le fougueux
désespoir du meunier.

— Prions pour elle, lui disait-il, prions, c'est la
dernière preuve de tendresse que vous puissiez lui
donner.

Jean-Louis s'agenouilla avec le prêtre, qui commença la prière des agonisants, à laquelle, à travers mille sanglots, répondaient la charbonnière, son mari et les enfants.

Un instant le râle cessa; Jean-Louis crut sa fiancée morte et se pencha sur elle, mais il vit ses lèvres remuer : elle suivait les dernières litanies, dont la psalmodie déchirante résonnait dans le cerveau vide du fiancé comme une cloche mortuaire.

Quand le prêtre eut fini, la Marguerite ouvrit pesamment les yeux et les arrêta sur le meunier avec une inexprimable tendresse; puis elle les tourna sur les enfants comme pour les lui recommander.

Jean-Louis comprit ce qu'elle ne pouvait dire et lui répondit :

— Ils seront mes enfants, je le jure; et, quoiqu'ils soient la cause de nos malheurs, tout mon bien sera pour eux, car jamais femme ne me sera rien... si je te survis...

Un rayon de joie éclaira le visage de la Marguerite sur lequel la mort commençait à jeter ses sinistres violettes. Elle referma les yeux et l'agonie reprit son cours.

Le matin, elle respirait encore. Jean-Louis, le

front perdu dans les couvertures de la couche, semblait pétrifié dans sa douleur.

Le docteur entra.

Ce docteur, qui avait soigné la Marguerite avec dévouement, était un homme d'une quarantaine d'années, dont la mise, quoique décente, était loin d'annoncer la fortune ni même la riche clientèle. Sa figure fine et pleine de distinction était empreinte d'une sorte de tristesse et de la plus haute bienveillance. C'était un de ces rares phénix qui, au lieu de courir après la fortune, courent après la science, cette fille de la nature si difficile à surprendre dans ses secrets et qui paie souvent, par la misère, les sacrifices de ses adorateurs les plus passionnés.

Quoique le docteur Legard ne recrutât ses clients que parmi les pauvres gens du quartier, il n'en était pas moins un des hommes les plus éclairés de son art, au progrès duquel il consacrait toute son existence.

Plein de doute, comme la plupart des vrais savants, il se défiait de lui-même et n'avait pas ces tons positifs du charlatanisme en renom. Il tâtonnait souvent, mais jamais avec l'arme dangereuse du hasard : la nature était la déesse dont il faisait son auxiliaire et son idole, et la nature, pour le récompenser sans doute de sa confiance en elle, plus que tous les remèdes faisait merveille dans son système.

Comme toutes les natures simples et grandes, le docteur s'attachait facilement à ce qui était bon et simple comme lui. La vie de sacrifice et de dévouement de la Marguerite, que la charbonnière lui avait racontée, l'avait intéressé à la pauvre fille. Plus d'une fois le désespoir de Jean-Louis l'avait empêché de dormir. Volontiers, il aurait donné dix ans de sa vie pour les ajouter à celle de cette pauvre cliente, que le bonheur trompait toujours.

Ce jour-là il venait pour consoler le meunier, car il comptait bien que la mort avait fini son œuvre ténébreuse. En montant il se disait :

« Le bonheur montré et promis au dévouement de la pauvre Marguerite a été comme une amère ironie de la destinée ! De telles vies feraient croire à l'indifférence de Celui d'en haut, qui laisse rire le vice et pleurer la vertu. Oui, l'on croirait à l'injustice de Dieu, si cette apparente injustice ne criait à tous les hommes qu'il est une autre vie promise aux bons et aux méchants. »

Il s'approcha du lit et fut étonné d'y trouver une vivante. Il l'examina de près, tâta son pouls à peine sensible, et, après un quart d'heure de minutieuses observations, il dit, comme en se parlant à lui-même : C'est étrange, mais toutes mes prévisions étaient fausses; allons, une fois encore, voici la science en défaut, et cette fois tant mieux.

Il tira Jean-Louis par le bras :

— Jeune homme, lui dit-il, il y a de l'espoir, hier, je croyais tout perdu. Cette nuit, une crise imprévue a eu lieu; donnez-moi la main, nous la sauverons, peut-être !!..

Le meunier se redressa comme mû par un ressort, et s'écria, en tordant dans les siennes les mains du docteur :

— Vous ne me trompez pas ? Vous ne vous jouez pas de moi ? Oh ! non, vous êtes un brave homme, vous ? Vous avez dit : nous la sauverons peut-être. Vous !a sauverez; je la verrai encore me sourire, je l'entendrai me parler et je l'emmènerai au moulin de la Roche-Brune. Mon Dieu ! mon Dieu ! est-ce possible ? Oh ! pourtant, voyez comme elle est blanche.

En effet, la Marguerite était affreusement pâle; mais elle avait cessé de râler et paraissait plongée dans une sorte de léthargie.

— Elle vivra, dit le docteur, elle vivra, j'en suis sûr, à présent.

Jean-Louis leva au ciel ses yeux pleins de larmes de joie, et sans fausse honte, renouvela son vœu devant le docteur ému qui l'embrassa, fit une prescription et promit de revenir bientôt.

XVIII

RÉCOMPENSE.

Au bout d'un mois la Marguerite était sur pieds. Grâce aux soins dont elle avait été l'objet, sa convalescence avait marché vite. Il ne lui restait plus qu'une grande faiblesse et une pâleur touchante qui l'embellissait encore aux yeux ravis du meunier.

Un soir qu'elle était à son bras, essayant ses forces dans une promenade hors barrière, ils rencontrèrent le médecin.

— Nous sommes dans vos dettes, monsieur, lui dit Jean-Louis; je voudrais être riche comme le roi pour m'acquitter envers vous; mais quoique je ne sois qu'un meunier, je puis disposer de quelques sacs d'écus. Faites la note aujourd'hui, demain nous viendrons vous remercier et vous inviter à notre noce. Quoique vous soyez un Monsieur, je sais que vous n'êtes pas fier et que vous ne dédaignerez pas de venir vous asseoir près des heureux

que vous avez faits ; car, enfin, après la bonne
Vierge, c'est vous qui avez sauvé ma promise.

— Vous vous mariez donc ici ? demanda le docteur.

— Oui, monsieur, à la mairie seulement, répondit Jean-Louis ; nous avons eu si peu de chance
jusqu'à présent, que j'aurais peur de mourir sans
être le mari de ma tant bonne Marguerite. Si un
accident m'arrivait en route, elle et les enfants
hériteraient de mon bien.

— C'est agir sagement, mon ami, répondit le
docteur. Pour ce que vous croyez me devoir,
rendez-le, dans vos montagnes, à quelque pauvre
famille que le besoin solliciterait de venir à Paris.
Engagez toujours vos compatriotes à ne jamais
quitter le pays. Bien fou est celui qui vend le présent pour le temps incertain de l'avenir. L'avenir
n'est à personne, le présent est à tous.

Et il s'éloigna sur ces mots.

Maintenant ils sont à Saint-Babel, s'aimant plus que jamais, et, pour leur payer les arriérés de bonheur, la Providence fait tout prospérer autour d'eux. L'ordre, l'activité, la bonne harmonie, ont centuplé leur petite fortune. Outre les soins qu'il donne à son moulin, le meunier fait valoir des terres et s'occupe de la coupe de bois qu'il envoie à Duvers, dont il est le correspondant et l'associé pour cette branche d'industrie.

La petite Gothon est grande ; elle joue déjà à la maman avec les enfants de la Marguerite ; ses frères aident leur oncle dans ses travaux. La joie est sur tous ces visages, la paix dans tous les cœurs.

La pauvre Cibo est morte au moulin, où la Marguerite l'avait tout à fait recueillie ; elle et la Mémée dorment, côte à côte, sous un saule, dans le cimetière de Saint-Babel, près du tombeau de marbre noir érigé au comte Paul de la Roche-Brune.

La Myon Bussière, malgré son grand âge, va toujours à sa journée. Seulement elle en a baissé le prix, parce qu'elle ne peut plus travailler autant.

Pendant les longues soirées d'hiver qu'elle passe au moulin, elle raconte des histoires à toute la couvée rassemblée autour d'elle.

La mère Allard ne peut se consoler d'avoir tant retardé le bonheur de son fils, qui ne cesse de lui répéter, en lui montrant toute sa belle famille :

— Allez, ma mère, tout est bien qui finit bien.

FIN.

Noisy-le-Sec, 1er Juillet 1864.

Argenteuil.—Imprimerie Worms.

www.ingramcontent.com/pod-product-compliance
Lightning Source LLC
Chambersburg PA
CBHW052003020726
47501CB00004B/983